河出文庫

プレシャス

サファイア
東江一紀 訳

JN283470

kawade bunko

河出書房新社

プレシャス

世界じゅうの子どもたちへ。
そして、わが師イーヴァン・ボウランド、
ジェームズ・D・メリットへ。
そして、誰よりも、
スーザン・フロムバーグ・シェイファーへ。

ここにもし、年若くつたない想像力の
清い形で心を澄ませてきた人がいたら、
見知らぬ人よ！　それを低く見ないようになさい。
自尊心は、どんな威厳の衣をまとっても、
ちっぽけな感情であって、生きとし生けるものに
蔑みを覚えるやからは、その人間としての力のなかに
耕されたことのない沃野を持ち、
またその頭の働きは、まだ幼年の域にある。
おのれにしか目を向けない者は、
造化のうちの最も卑しい存在であり、
賢き人にすら、忌むべき憤怒の情をいだかせるだろう。
ああ、より賢きあなたであれ！
まことの知は愛にいざなわれることを学んで……

——ウィリアム・ワーズワース

一枚一枚の葉に天使が宿り、「育て、育て」とささやきかける。

——タルムード

I

あたし、12さいのとき、らくだいさせられた。とーさんの赤んぼ生んだから。1983年の話。1年かん、がっこーからしめ出された。いま、おなかに、ふたりめの赤んぼがいる。さいしょ生まれたむすめは、ダウンしょーこー。ちえおくれ。あたし、2年せえの、7さいのときにも、らくだいさせられた。字がよめなかったから（それに、まだおもらししてたから）。ほんとーなら、いま11年せえで、もーすぐ12年せえになって、そつぎょーできるはずなのに。あたし、いま9年せえ。にんしんしてるから、てえがくなんて、ひどいよ。あたし、なんにも悪いことしてない！

あたしの名前は、クレアリース・プレシャス・ジョーンズ。なんで、あたし、こんなこと話してんだかね。だって、どこまで物がたりをつづけれるか、わかんないし、これが物がたりってほどのもんなのかも、なんで話してんのかも、わかんない。さいしょっから話せばいいのか、いまここからはじめればいいのか、2しゅーかんごからにすればいいのか……。2しゅーかんご？　そう、話したり書いたりするときは、どーだってできる。生きるときとはちがうよ。生きるのは、いまこーやってるようにしか生きれない。物がたりを話すとき、わけのわかんないことやほんとじゃないことを話す人もいる。でも、あたしは、わけがわかるよーに話したいし、ほんとのことを話したい。じゃなきゃ、いみないよ。うそとかくだらないことなんて、世のなかにはいっぱいあるんだから。

そいで、うん、いまは1987年の9月24日、木よー日で、あたしはろーかを歩いてる。ちゃんとした服を着て、いいにおい。ぱりっとしてて、せえけつ。暑いけど、いくら暑くたって、かわジャンはぬがない。ぬすまれたり、なくしたりするとこまるから。インディアン・サマーだなって、ウィッチャー先生はゆう。なんで、そんないいかたするんだかね。よーするに、暑いってこと。温度が30度をうんとこえて、夏みたいだってこと。なのに、れえぼーがない。ぜんぜんないんだ、このたてもんには。あ、このたてもんってゆうのは、レノックスがいとアダム・クレイトン・パウエル・ジュニア大通りのあいだ、134ちょーめの、だい146中学。あたしは、ホームルームから、1時間めのすうがくの教室に向かって、ろーかを歩いてる。なんで、1時間めからすうがくなんてやらせるんだか。いやなもんは早くかたづけろ、ってことかもね。でも、すうがくは、はじめに思ってたほどいやじゃなかった。たんとーは、ウィッチャー先生。ウィッチャー先生のクラスでは、せきがきまってなくて、好きなとこにすわれる。あたしは、毎日、おんなしせきにすわる。いちばんうしろの、ドアのすぐよこ。ドアにかぎかけてあんのは、知ってるんだけどね。さいしょの日、先生がもゆわない。先生も、いまじゃ、あたしになんにもゆわない。あたし、先生になんに「みなさん、教科書を出して、百二十二ページをひらいてください」とゆって、あたしは動かなかった。先生が「ジョーンズさん、百二十二ページをひらいてと言ったでしょう」とゆって、あたしは「ばーか、あたしはつんぼじゃないよ！」と答えた。クラスのみんながわらった。先生は赤くなった。先生は本を手でばしんとたたいて、「少しお行儀よくしなさい」とゆった。この先生は白人で、やせっぽちで、せが160センチちょっとしかない。かーさんなら、ちんちくりんの白んぼ、ってよぶと思う。あたし、先生のほーを向いて、「あたしだって、おっきな音、たてれるよ。やってみせよか？」とゆった。で、自分のきょーかしょもって、つくえにばしんとたたきつけた。みんながまたわらった。先生が「ジョーンズさん、ここから出ていってもらえませんかね。いますぐに！」とゆった。あたしは「ベルがなるまで、どこにも行かないよ。あたしはすうがくをべんきょーしに来たんだから、ちゃんとおしえてちょーだい」と答えた。先生は、汽車にひかれたばっかりのうすのろ女みたく、ぼーっとしてた。どーしていいか、わかんなかったんだ。たちなおろーとして、こうゆった。「勉強したいんだったら、おちついて――」「おちついてるよ」あたしはいいかえした。先生は「勉強したいんだったら、口をとじて、教科書をひらきなさい」とゆった。顔がまっかで、からだがふるえてた。あたし、かんべんしてやった。あたしの勝ちだ。たぶんね。

　ほんとは、あたし、そんなふうに先生をきずつけたり、こまらせる気はなかった。だけど、先生にも、だれにも、知られたくないことがあったんだ。あたしには、１２２ページが、１５２ページや２２ページや３ページや６ページや５ページとおんなしに見える。どのページもそっくりに見える。そいでも、あたしはほんとにべんきょーしたい。毎日、あたし、これからなにかが起きるぞっ、テレビみたくすごいことが、って自分にいいきかせる。自分の力でかべをぶちやぶるか、かべが向こうからやぶれるかして、そいで、あたしはべんきょーして、みんなに追いついて、ふつうになって、教室のいちばんまえのせきにすわる。でも、やっぱしまだ、そんな日はこない。

　だけど、いまのは、さいしょの日の話。きょーはさいしょの日じゃなくて、さっきゆったように、あたしはすうがくの教室に向かって、ろーかを歩いてた。そしたら、ミセス・リーチェンスタインによびとめられて、先生の部屋へつれてかれた。すごいむかついた。だって、あたし、すうがくが好きなんだ。なんにもせずに、本もひらかずに、50分間、ただすわってるだけなんだけどさ。じゅぎょーのじゃまはしない。それどころか、ほかのれんちゅうがさわがしくしたりすると、ちゅういしてやる。「だまんなさい、あんたたち。あたしはべんきょーしたいんだから」とゆうんだ。はじめはみんなわらって、あたしまでじゅぎょーがいのなかまに入れようとした。だから、あたしは立ちあがって、「だまんなさい、あんたたち。あたしはべんきょーしたいんだってば」とゆった。ふざけてたれんちゅうが、ぽかんとする。ウィッチャー先生も、ぽかんとする。でも、あたしはからだが大きくて、177センチか8センチあって、体重は90キロ以上ある。ガキどもは、あたしをこわがってる。「このどあほ」と、せきからとびあがったガキにゆった。「くだらないことやってないで、すわんなさい」ウィッチャー先生は、まだぽかんとしてたけど、感しゃの目でこっちを見た。あたしは、ウィッチャー先生のボディーガードってとこ。あたしがクラスのきりつをまもる。あたしは先生が好き。まるで、先生をだんなさまにして、ウェスチェスタでいっしょにくらしてるような気になる。ウェスチェスタがどこにあんのか、知らないけど。

目を見れば、先生もあたしのこと好きだってわかる。どのページもおんなしに見えるってことを、ゆえたらいいと思うけど、ゆえない。あたし、うんといいせえせきを取る。せえせきは、いつもいいんだ。146中学なんかさっさと出て、高校行って、そつぎょーしょーしょをもらいたい。

なのに、いま、あたしはミセス・リーチェンスタインの部屋にいる。先生があたしをじっと見て、あたしも先生をじっと見てる。あたし、なんにもゆわない。とうとう、向こうが口をひらいて、「さて、クレアリース、どうやらおなかのなかに、ちっちゃなお客さまがいるみたいね」とゆう。でも、それはしつもんじゃなく、頭からきめつけてる。あたしはまだ、なんにもゆわない。先生は白っちい手をにぎりあわせて、おっきなつくえの向こうから、あたしをにらんでる。

「クレアリース」

みんなはあたしのことを、プレシャスとよぶ。あたしの名前は3つに分かれてる。クレアリース、プレシャス、ジョーンズ。にくったらしい人でなしだけが、あたしをクレアリースとよぶ。

「クレアリース、あなた、いくつだったたっけ?」

この白んぼのくされ女は、つくえのうえにあたしのファイルをおいてる。こっちからも、ちゃんと見える。あたしをよっぽどてえのーだと思ってんのか。あたしのとしぐらい、知ってるはずでしょ。

「十六歳というと……少し……」せきばらいをして、「年がいってるわね、中学生にしてはᅵ」

あたしはまだ、なんにもゆわない。どーせあれこれ知ってんだろーから、このくされ女にしゃべらせとく。

「あなたは妊娠している。そうでしょう、クレアリース？」

こんどは、しつもんだ。ついさっきまで、赤んぼがいること知ってたくせに。

「クレアリース？」

うげっ、こんどはねこなで声。

「クレアリース、あなたに言ってるのよ」

あたしはまだ、なんにもゆわない。このばか女のせいで、すうがくのじゅぎょーに出れないよ。すうがくのじゅぎょー、好きなのに。ウィッチャー先生もあたしにいてほしいだろうし、あたしがいないと、あのたちの悪い黒んぼどもが好きかってなことをする。ウィッチャー先生はじょーひんで、毎日、いかしたスーツを着てくる。ほかのきたならしい先公みたいなかっこーはしない。

「すうがくの時間に、これ以上おくれたくないんだけど」あたしは、のーたりんのミセス・リーチェンスタインにゆう。

先生があたしを見る。まるであたしが、犬のちんちんをしゃぶりたいとゆったみたいな目で……。頭んなか、どうなってんだろ、この塩づけまんこ（うちのかーさんは、気にくわない女をこーよぶ。塩づけまんこ。わかるよーな、わかんないよーなことばだけど、ごろがいいから、あたしもつかう)。

あたしが立ちあがって、出ていこーとすると、ミセス・リーチェンスタインは、おすわりなさい、まだ終わっていないのよ、とゆう。でも、あたしのほーは終わってるんだ。どーして、わかってくれないいんだか。

「ふたりめの赤ちゃんなの?」先生がゆう。あたしの名前のついたあのファイルには、ほかになにが書いてあるんだろ。にくったらしい女。

「三者会談をしたほうがよさそうね、クレアリース。わたしと、あなたと、あなたのお母さんとで」

「なんのために? あたし、なんにもしてないよ。べんきょーはちゃんとやってる。めえわくはかけてない。せえせきもいいんだから」

先生があたしを見る。まるで、あたしのからだに3本めのうでがはえたか、あたしのあそこからひどいにおいがしてるかってゆう目で。

かーさんよんでどーすんのかって、あたしはききたい。かーさんと、なんの話をするわけ? でも、あたしはきかないで、ただこーゆう。「かーさんはいそがしいから」

「なんなら、わたしのほうから、あなたのおうちを訪ねていって――」そこまでゆったとき、あたしのひょーじょーを見て、先生はひっぱたかれたみたく、ことばをのみこむ。もちろん、あとひとことでも口にしたら、あたし、この女をひっぱたいてやるとこだった。あたしんちをたずねる！　おせっかいな白んぼ女！　だれが、来させるもんか！　こっちだって、ウェスチェスタかどこだか知んないけど、あんたたちいかれぽんちが住んでるとこになんか、行きゃしないんだから。だまってきいてりゃ、ちょーしに乗って、うちまで押しかけてこよーなんて……。

「じゃあ、ここで言うわ、クレアリース。残念だけど、あなたを停学処分にすることに――」

「なんでよ！」

「あなたは妊娠していて――」

「にんしんしたぐらいで、てえがくにされちゃ、たまんない。あたしには、けんりがあるんだから！」

「あなたの態度は、クレアリース、頭っから反抗的で――」

あたしはつくえのうえに、ぐっと顔をつきだした。ぶよぶよしたけつを、あのいすからひっぱりあげてやるつもりだった。先生はのけぞって、あたしからにげよーとしながら、さけびはじめた。「警備員さん！　警備員さん！」

あたしが外に出て、とーりを歩きだしたときも、あのばか女はまださけんでた。

「警備員さん！　警備員さん！」

「プレシャス！」かーさんのよぶ声。

あたし、なんにもゆわない。かーさんの目は、あたしのおなかをにらんでる。これからなにがおこるか、あたしにはわかる。あたしは皿をあらいつづける。きょーの夕食は、フライドチキンとマッシュポテトと肉じるといんげんとワンダーの食パンだった。自分がにんしん何か月だか、あたしは知らない。ここにつっ立って、かーさんにふしだら女ってよばれるのはいやだ。前のときみたく、いち日じゅうあたしにどなりちらすんだろな。ふしだら女！　あばずれ！　なにやってたんだい！　だれ《フー》だ、相手は！　だれ《フー》！　だれだああっ《フウウウーッ》って、むかし見たウォルト・ディズニーの映画のふくろうみたく……。だれだか、ほんとに知りたいんなら――。

「クレアリース・プレシャス・ジョーンズ、あんたにゆってんだよ！」

あたしはまだ、へんじをしない。さいしょににんしんしたときも、あたし、この流し台の前に立ってて、ズドンって痛みを感じた。あああ、ズドン！　あんなすごい痛み、生まれてはじめて。おでこから汗がふき出して、からだに火がついたみたかった。あたし、つっ立ってたら、痛みが押しよせて、それから痛みがおさまって、それからまた、もっとすごい痛みがおそってきた！　かーさんがそばに立って、どなりちらす。

「ふしだら女！　すべた！　色ぐるいのめす牛！　信じらんないよ、あたしのすぐ鼻先で、ずうずうしくけつをふってたなんて」また痛みがおそってきて、それから、かーさんのげんこがおそってくる。あたし、ゆかにへたりこんで、「かーさん、おねがい。かーさん、おねがい。おねがい、かーさん！　かーさん！　かーさん！　かああさん！」って、うめく。そしたら、こんどはかーさん、あたしのよこっつらを足でけった！「いんばい！　いんばい！」って、わめきながら。そこへ、おんなし階に住んでるミズ・ウエストが、ドアをどんどんたたいて、大声を出す。「メアリ！　メアリ！　なにしてんの！　その子、死んじゃうよ！　ぶつんじゃなくて、助けてやんなきゃ。あんた、頭がへんになったのかい！」

かーさんは、「はらんでることを、あたしにゆわなかったんだ！」っていいかえす。「まあ、メアリ、あんた、知らなかったの？」あたしは知ってたよ。このアパートじゃ、知らない人間はいない。あんた、ほんとに頭が――」「ひとの子どものことを、つべこべゆってると――」

「救急車！　だれか、救急車よんで！」ミズ・ウエストがこんどはさけびだす。それから、かーさんのこと、ばかってよぶ。

痛みがあたしにのしかかる。からだをドシンドシンってふみつけてくる。目も見えず、耳もきこえず、あたしはただわめく。「かーさん！　かーさん！」

救急たいのひとが何人かはいってきたのに、あたしにはそのすがたが見えないし、音もきこえない。でも、痛みから目をあげたら、男のひとがひとりいた。救急たいのふくを着たスペイン人。そのひとが、あたしのせなかをクッションに押しつける。痛くって、あたし、まるい玉んなかにつめこまれた感じ。そのひとがゆう。「力をぬいて！」痛みがあたしのからだにナイフをつき立ててんのに、このスペ公、力をぬけだって……。

それから、あたしのおでこに手をあてて、もうかたっぽの手をあたしのわきばらにおいた。「なんてゆう名前」ってきく。あたしは「ええっ？」ってききかえす。「名前は？」「プレシャス」すると、そのひとはゆう。「プレシャス、もう少しだ。いきむんだよ。きこえてるか？　こんど痛みがきたら、それに合わせていきむんだ、プレーシャシータ。いきめ《プッシュ》」

そして、あたしはいきんだ。

それからあと、いつも、スペイン人を見ると、そのひとの顔と目をさがす。コーヒークリームの色のはだに、つやつやしたかみの毛。あたしはおぼえてる。神さま。あのひとは神さまだと思う。いままで、あたしにあんなによくしてくれたひとはいない。びょーいんで、あたしはきいた。「あたしを助けてくれたあのひとは、どこ？」かえってきたのは、こんな答え。「口をとじてなさい。あなた、赤ちゃんをうんだばかりよ」

でも、あたし、口をとじれない。だって、しつもんばっかりされるから。あたしの名前？　プレシャス・ジョーンズ。せえかくにゆうと、クレアリース・プレシャス・ジョーンズ。せえねんがっぴ？　1970年11月4日。生まれた場所？「ここ」と、あたしはゆう。「このハーレム・ホスピタル」「一九七〇年ですって？」と、かんごふさんが、のどにつっかえたよーな声でゆう。「あなた、何歳なの？」あたしは「じゅーに」と答える。12さいのときからでぶだったから、ゆわないと、だれもあたしが12さいだと思わない。せもたかい。90キロ以上あることは、わかってる。だって、バスルームのはかりは、はりがそこで止まって、90よりうえははかれない。この前、学校で体重をはかるとき、あたしはことわった。意味ないよ。自分がふとってんのは、あたし知ってる。それがどーしたの？　数字なんか、いらない。

でも、このひとは学校のかんごふさんじゃないし、ここはあたしが生まれたハーレム・ホスピタルで、あたしは、レノックスがい444ばんちのキッチンのゆかで赤んぼを生んだあと、赤んぼといっしょにここへつれてこられた。このかんごふさんは、やせてて、はだがバター色。スペイン人の色ぐろの女のひとよりうすいぐらいの色だけど、でも黒人だってことはわかる。ごまかせないよ。黒んぼかどうかって、はだの色じゃない。このかんごふさんは、あたしとどーるい。かんごふのぼーしかぶったり、おっきな車にのったり、うすい色のはだをしたりって黒人はいっぱいいて、みんなあたしとどーるいなのに、自分でそのことわかってない。あたし、すごいつかれてて、消えてしまいたいくらい。ほっといてもらいたいんだけど、ミス・バター色はこっちをじいっと見てて、その目がだんだんおっきくなる。出生しょーめえのためのじょーほーが、もうちょっとひつよーなんだって。

赤んぼを生んだのが、まだほんとのことじゃないみたい。ううん、にんしんしてたのは知ってたし、なんでにんしんしたかも知ってる。男のひとにちんこをつっこまれて、白いぬるぬるがわれ目にながれこむとにんしんすることがあるってゆうのは、前から知ってた。いま12さいだけど、5さいか6さいのときから知ってたし、ちんことまんこのことは、ずっとむかしから知ってるよーな気がする。知んないなんて、おぼえてない。つまり、知んなかったときのことなんて、思いだせれない。でも、あたしが知ってたのは、そんだけ。どれぐらいかかんのか、おなかがどうなってんのか、そんなことはなんにも、ひとつも知んなかった。

かんごふさんがなんかゆってるけど、あたしにはきこえない。きこえるのは、学校のガキどもの声。男の子があたしのことを、わらっちゃうぐらいブスだってゆってる。「クレアリースはすげえブス、わらっちゃうぐらいブス」とゆうと、その子のともだちが、「ちゃうよ、あのでぶっちょは、ないちゃうぐらいブスだ」とゆって、みんなでわらう、わらう。なんで、あたし、こんなときに、あのとんまなガキどものことをかんがえてんだか。

「おかあさんは」と、かんごふさんがゆう。「おかあさんの名前は？」あたし、「メアリ・L・ジョンストン」とこたえる（Lはリーのかしら文字だけど、かーさんは、リーっていなかくさくていやなんだって）。「おかあさんの生まれたところは？」と、かんごふさん。あたし、「ミシシッピ州グリーンウッド」とこたえる。かんごふさんが「あなた、そこへ行ったことある？」ときく。あたし、「なーい。どこも行ったことない」とこたえる。かんごふさんが「なぜきいたかというと、わたしもミシシッピ州グリーンウッドの出身なの」とゆう。あたし、「あっそ」とこたえる。だって、なんかこたえなきゃ、しつれえだろから。

「おとうさんは？　おとうさんの名前は、なに？」

「カール・ケンウッド・ジョーンズ。生まれはブロンクス」

「この赤ちゃんのおとうさんの名前は？」

「カール・ケンウッド・ジョーンズ。生まれはおんなしブロンクス」

かんごふさんが、むっつりだまりこむ。やっと口をひらいて、「なんてまあ、なんてこと。十二歳で。十二歳で」とゆう。頭がいかれたんだか、しょーげきを受けたんだか、なんなんだか、とにかくなん回もなん回もくりかえす。バター色のはだと、あかるい色の目が、あたしのほうを向いた。男の子たちにもてそう。そのかんごふさんがゆう。「あなた、前まで、いいえ、いままで、子どもとしてあつかわれたことがある？」まぬけなしつもん。いままで、子どもとしてあつかわれたことがあるかって？あたし、子どもだよ。

頭がごちゃごちゃしてきて、くたびれた。ねむりたいって、かんごふさんにゆう。ベッドをたおしてもらって、あたしはねむった。

目がさめたら、べつのひとがいた。けえさつかなんかだ。あたしにしつもんしたがってる。あたしのほうから、きいた。「赤んぼは、どこ？　あたし、生んだよ。自分でわかってる」そしたら、かんごふのぼーしをかぶったあたらしい女のひとが、あたしにっこりほほえみかけて、「ええ、生んだわ、ジョーンズさん。たしかに生んだわ」とゆった。そのひとが、さっきのせえふくをきた男をあたしのベッドからとおざける。あたしの赤んぼは、とくべつしゅうちゅうってへやに入ってて、もうじき会えるんだって。だから、このやさしいかたたちのしつもんにこたえてあげてね、ってゆう。でも、やさしいかたたちなんかじゃない。こいつら、ブタだよ。あたしはのーたりんじゃない。ブタのしつもんには、こたえてやらないんだ。

「プレシャス！　プレシャス！」かーさんががなってるけど、あたしの頭はここになくて、さいしょの赤んぼが生まれた4年前に行ってる。このキッチンに立ってたら、ズドンって痛みがおそってきて、それから、かーさんのげんこがおそってきたんだった。

「プレシャス！」

かた手が、あらってる皿のしたへすべって、肉切りほーちょーをつかむ。かーさん、あたしをぶたないほーがいいよ！　こんどぶったら、そのけつをズブッとさしてやるからね！

「プレシャス！　頭のねじがはずれちまったのかい？　ぼーっとつっ立って、あさってのほうを見てさ。あたしが話してんだよ！」

それがどーしたの？

「かんがえごとしてた」あたしはゆう。

「ははおやが話しかけてんのに、かんがえごとだって？」

まるで、あたしがひゃくドルさつをもやしちまったみたいないいかた。

ブザーがなる。だれだろ、いったい。うちのよびりんをならすのは、アパートのたてもんに入ろーとするヤク中ぐらいのもんだ。あたし、ヤク中は大っきらい。あのれんちゅうのせえで、黒人がみんなわるくゆわれる。

「あほどもに、よびりんならすなってゆってきな」と、かーさん。あたしよりドアに近いとこにいるくせに、どーしてもってときでなきゃ、かーさんは動かない。ほんとにそーなんだ。あたし、インタホンのとこへ行こーとして、自分がまだほーちょーをもってることに気づいた。ときどき、あたし、かーさんがにくくなる。ときどき、かーさんはぶさいくだなって思う。

インタホンの〈話す〉のボタンを押して、あたしは「そのくそったれブザーをならすんじゃない、あほたれ！」ってどなり、皿あらいの仕事にもどろーとした。

またブザーがなる。「そのくそったれブザーをならすんじゃない」って、あたしはもういっぺんゆう。あほたれがまたブザーをならす。「やめろ！」またなる。「やめろってゆってるでしょ！」あたしは、もういっぺんどなる。かーさんの声がわりこんでくる。「〈聞く〉を押さなきゃ、まぬけ！」まぬけじゃないっていいかえしたいけど、自分がまぬけだってわかってるから、なにもゆわない。それに、かーさんのげんこが飛んできたりしたら、こまったことになる。あたし、流しからほーちょーをもってきてるから、だまってぶたれちゃいないよ。こんどプレシャス・ジョーンズをぶとーとしたら、つきさしてやるんだ。あたしは〈聞く〉のボタンを押す。「サンドラ・リーチェンスタインです。クレアリース・ジョーンズとメアリ・ジョンストンさんにお会いしたいんですが」ミセス・リーチェンスタイン！　あのひとでなし、なにしに来たの？　こんどこそほんとに、あたしにひっぱたかれたいんだろか。

「だれなんだい、プレシャス?」と、かーさん。あたしは「学校からきた白んぼ」とこたえる。「なんの用?」「知んない」「きいてみな」かーさんがゆうので、あたしは〈話す〉のボタンを押す。「なんの用?」とゆって、〈聞く〉のボタンを押すと、ミセス・リーチェンスタインが「あなたの教育のことで、お話があるの」とゆう。この女、頭おかしいんじゃないの。あたしはまいにち、学校へ行ってたのに、この白ブタがあたしをろーかでつかまえて、いんねんつけて、あたしをすごいおこらせて、にんしんしてるってだけでてーがくにして——あんたが、あたしのきょーいくを終わらせたんだろ。なのに、白いけつをレノックスがいまではこんできて、あたしのきょーいくのこと、話したいなんて。ああ、ヤク中のやつら、こんなときにいてくれりゃいいのに。「なんだってんだよ、プレシャス?」と、かーさん。かーさんは、ミセス・リーチェンスタインみたいなきょーしやソーシャルワーカーにかぎまわられるのをいやがる。カットされるのがいやなんだ、生活ほごを。ミセス・リーチェンスタインみたいな白んぼが来ると、きまってそーなる。あたし、にんしんしてなくて、からだが軽かったら、かいだんをかけおりていって、けとばしてやるとこだ。かーさんが「そんな女、おいかえしな」とゆう。あたし、インタホンに「アスタ・ラ・ビスタ、ベイビー」とゆう。〝さいなら〟っていみのスペイン語だけど、黒んぼがゆうと、くそくらえってていみになる。ブーッ。またブザーが鳴る。このの一たりんのあほ女。なんてしつっこいんだ。あたしは〈話す〉を押して、「ミセス・リーチェンスタイン、とっととかえらないと、けつをけとばすよ」とゆう。ブザーがなる。あたしは〈聞く〉を押す。「クレアリース、木曜日のことはごめんなさい。あなたを助けたかっただけなの。わたし……ウィッチャー先生が、あなたはとてもいい生徒で、数学の才能があるとおっしゃってたわ」つぎになにをゆおーか、かんがえてるみたく、まをおいてから、「相互補習教室《イーチ・ワン・ティーチ・ワン》という高等教育代替機関のミズ・マックナイトに電話したの。代替学校よ」とゆうと、またまをおいて、「クレアリース、聞いてる?」あたしは〈話す〉を押して、「まあね」とこたえる。「いま言ったように、イーチ・ワン・ティーチ・ワンのミズ・マックナイトに電話をかけたの。百二十五丁目のテレサホテルの十九階にある。ここからそんなに遠くないわ」あたしは〈話す〉を押して、「テレサホテルのばしょは、知ってるよ」とゆったあと、ばーか、と心のなかでゆう。このすかした白んぼどもは、あたしたちがなんにも知んないと思ってるんだ。また〈聞く〉を押すと、「電話番号は、五五五‐〇八三二。あなたのことは、話しておいたわ」だって。「電話するか、直接行ってみるかしてちょうだい。百二十五丁目の――」ここで、あたし、〈話す〉を押して、それはさっききいたよってゆった。あたしの心はすっかり、じゃなくて、まあ半分くらい、ぽかぽかしてきてる。ウィッチャー先生があたしのことをいい生徒だとゆってるなんてね。心のあとの半分は、へやからいまにも飛びだして、ミセス・リーチェンスタインをけとばしたがってる。ブザーはもうならない。ってことは、あたしの気もちがきっとつたわったんだ。

テレサホテル19かいのだいたい学校のことをかんがえながら、あたしはねむりにつく。〝だいたい〟ってなんのことかわかんないけど、知りたい気がする。19かい……それが、ねむりにおちる前、さいごに頭にうかんだことば。エレベータに乗って、どんどんあがってくゆめを見た。しょーてんするみたく、うえへ、うえへ……。エレベータのドアがひらいて、スペイン語を話す国から来たコーヒークリーム色の男のひとがいる。あのときのひと。あたしがキッチンのゆかで、血を流しながら赤んぼ生んだときの……。あたしのおでこにまた手をあてて、そのひとがささやく。「いきむんだ、プレシャス。いきまなくちゃだめだよ」

その、いきんだときのこと思いだして、目えさめた。赤んぼ見せてもらったのは、まるふつかたってからで、そんときはじめて、呼吸に少し問題があるってどんないみだかわかった。両うで、のばそーとしたけど、つかれてのばせれない。バター色のかんごふさんと黒いちびのかんごふさんが、ベッドのそばに立ってた。黒かんごふさんが赤んぼをだいてる。バター色かんごふさんがシーツの下に手えいれて、あたしの手をつつむ。あたしはこぶしをにぎってる。かんごふさんが両手でなでて、こぶしをひらかせる。かんごふさんふたり、目えあわせて、黒いほうがあたしに赤んぼわたそーとしたけど、バター色があわてて立ちあがって、その赤んぼ受けとった。

「あなたの赤ちゃん、ちょっと具合が悪いの」すごいやさしく、はとがクークーなくみたく、バター色かんごふさんがゆう。「でも、生きてるわ。あなたの子よ」そーゆって、あたしに赤んぼわたした。パンケーキみたくぺたっとした顔に、目はかんこく人みたくつりあがって、べろがへびみたく出たりひっこんだり。

「蒙古症《モンゴロイド》よ」もひとりのかんごふさんがゆう。バター色かんごふさんが、じろっとそっちをにらむ。

「なにがあったの?」あたしはきいた。

「まあ、いろんなことがね。担当の先生からくわしくおききなさい、ミズ・ジョーンズ。あなたの赤ちゃんは、ダウン症かもしれない。出産のときに、酸素が欠乏してたみたいなの。おまけに、あなたはこんなに若くて、母親があんまり若いと、いろんな面で――。妊娠中、お医者さんに一度でも診てもらった?」

あたしはなんも答えないで、両うでのばして、赤んぼかえした。バター色かんごふさんがちょこんとうなずいたら、黒かんごふさんが赤んぼだいて出てった。バター色かんごふさんはベッドのわきに来て、あたしのからだにうでをまわそうとする。あたし、そーゆーの好きじゃない。あたしのほっぺたにさわって、「かわいそうに、ミズ・ジョーンズ。ほんとにかわいそう」ってさ。あたし、にげよーとしたけど、ミシシッピ生まれのミス・バター色、もうベッドにはいってきて、あたしの胸と肩ぎゅっとだいてる。ローションのにおいがして、口からはジューシーフルーツ・ガムのにおい。だきかたがやさしい、あったかい感じで、かーさんとぜんっぜんちがうから、あたし、なきだした。さいしょはちっちゃい声で、そいからどんどんおっきくなって、あちこちが痛い。もものつけねが痛いし、頭の横っちょの、かーさんにけられたとこも……だけど、ミス・バター色、そんなことわかんなくて、そこをぎゅっとだいてる。あたし、わんわんないた。ぶさいくな赤んぼのためにないて、そいからぶさいくな赤んぼのことわすれて、だれにもだかれたことなかった自分のためにないた。とーさんはおしっこくさいちんこを、あたしの口に、あたしのあそこにつっこむだけで、いちどもだいてくれなかった。1年せえのとき、ピンクの服に、白いぬるぬるがべったりついた。あたしのかみの毛、だれもとかしてくれなかった。2年せえ、3年せえ、4年せえは、まっくらの長ーい夜。カールとーさんが夜で、あたしはそんなかにきえる。ひるの時間は意味がない。おしゃべりも、ボールあそびも、点線のうえに字をかくのも、意味がない。かたち？　色？　むらさきの紙がしかくだろーとまるだろーと、それがむらさきだろーとあおだろーと、どーでもいい。おかしのいえがページのうえだろーとしただろーと、どーでもいい。あたしはひるの時間からきえる。本も、にんぎょーも、なわとびのなわも、あたしの頭も、あたしも、みーんなすてた。そいからずっと、うえ向いたことなかったけど、そしたらあの救急たいのひとが、ゆかにたおれてるあたしを見つけてくれて、こんどはこのかんごふさんがこーゆってる。「わたしの目をごらんなさい。あなたはね、これを切り抜けるわ。きっとこれを切り抜けるわ」

あたしはミス・バター色のほう向いて、でも、見えるのは、てっぽうの玉みたくあたしの頭にとんでくるかーさんのくつ、顔の前でぶらんぶらんゆれるとーさんのちんこ、かんこく人の目えしたぺったら顔の赤んぼ。

「どーやって？」あたしはきいた。「どーやって？」

あたしがたいいんして、いえにかえったあと、赤んぼは、セントニコラスがい150ちょーめのばーちゃんちにあずけられたけど、かーさんはふくし課のひとに、赤んぼはここに住んでて、あたしが学校行ってるあいだは自分がめんどーみてるとゆった。3か月くらいたったとき、なんだかんだゆってあたしはまだ12さいで、そのあたしをかーさんがぶった。思いっきし強く。そいから、てつのフライパンふりあげて、まあ、あっつい油が入ってなかったからまだよかったけど、あたしの背中にふりおろすもんだから、あたしはゆかにたおれた。そいから、あばら骨のあたりをけられた。そいから、「ミズ・クレアリース・プレシャス・ジョーンズ、よくもあたしの亭主とファックしてくれたね、このきたならしい淫売娘！」ってゆわれた。あたし、死にそーで、息ができなくて、赤んぼの出てきた場所が痛みはじめた。

「でぶの塩づけまんこ！　さかりのついた黒ブタ！　カールはあたしを捨てた！　おまえのせえで、出てっちまったんだ！　病院で、やつらに何を言いやがった？　おまえなんか、殺してやる！」かーさんがわめきちらす。

あたしはころされるのがこわくて、ゆかにころがったまま、ないて、ふるえた。

「立ちな、させまん嬢さん。その男好きのけつを持ち上げて、さっさと夕食の用意をしないと、もっと痛い目を見ることになるよ」そーゆわれて、あたしは立ちあがり、食事のしたくをはじめた。コラード葉とハム・ホック、コーンブレッド、フライド・アップルパイ、チーズ・マカロニをこしらえた。キッチンには、2時間いた。時計の針の読みかたは知らないけど、ラジオで男のひとが4時だとゆって、ニュース読んで、音楽ながれて、そいで、かーさんの食事できあがったころ、6時だとゆってたからね。

首と肩と背中が、車にひかれたみたく痛い。料理をはこんでって、かーさんの前のちっこいテーブルにおいた。

「あんたのぶんは？」かーさんがどなる。

「腹へってない」

あくまの赤い火花がかーさんの目にひかって、おでこのおっきなしわがもっと深くなる。あたしはびびった。「あたし……肩が痛くて……横になりたい」「肩なんか、どうもなっちゃいないよ。手がかすっただけじゃないか！　ばかな芝居はやめて、さっさと料理を持ってこないと、ほんとに肩を痛くしてやるよ」

あたし、キッチンにもどって、自分のぶんの料理よそった。「マーガリン！」と、かーさんのがなり声。「マーガリンとホットソースを持ってきな」ゆわれたとーり、マーガリンとホットソースもってって、そいから自分のぶんはこんで、かーさんのとなりにすわる。野菜、コーンブレッド、ハム・ホック、チーズ・マカロニ。食べれってゆわれて、食べはじめた。なんの味もしない。肩がずきずきして、その痛みが首にあがってくる。テレビで、白人がわらったりキスしたりしてる。「ああ、この子、いける！」ビールのＣＭに出てきた黒人の男見て、かーさんがはしゃいだ声出した。「おかわり持ってきな」皿をこっちへぐいっと押してよこす。「あんたのぶんも、おかわりを――」

「あたし、もーいい」

「聞こえなかったのかい？」

あたしは立ちあがり、ふたりぶんの皿持って、キッチンへもどった。おなかいっぱいで、はちきれそう。かーさんのほう見た。見るとぞっとする。カウチの半分ひとりでうめて、両うではぱんぱんで、いつもおっぴろげてるももは、ぶかっこな丸太。あたしは皿をかーさんの前においた。「パイはもうないのかい？」

「ある」

「あんたのおかわり運んでくるついでに、少し持ってきな。ぼけっとしてると、そのけつをけとばすよ！」

あたしはキッチンにもどり、かーさんのパイもって、自分の皿に1回めよりもっと高く料理よそった。そーしないと、またおかわりさせられるだけだから。かーさんの前のテーブルにパイをおいて、かーさんのほう見ないよーにした。テレビで砂浜走ってる白人たちに目え向けた。かーさんのあごに油がたれるの見ないよーに、かーさんが手でハム・ホックをつかむの見ないよーに、自分も同じことするの見ないよーに……。あたしは食べた。さいしょは、食べないとむりやり食べさされるから、それにぶたれるから食べて、あとからは、首の痛みをわすれたらいいなとおもって食べた。食べつづけるうちに、痛みも、はい色のテレビの光も、かーさんもぼやけてきた。死んじゃいそうな感じで、カウチの背にどっかりもたれて、いつもみたく眠りにおちる。いや、落ちかける。眠りの一歩前。肩が痛くて、眠りのいちばんそこまで落ちれない。もものうちがわにかーさんの手があって、またのほうに上がってくる。手がとまって、あたしが動いたらつねる気だ。あたしは目えつぶったまま、じっとじっとしてあたしのあそこにはいってくる。やめてよ！　やめて……ああ、でも、もう眠い。眠くなれって、あたし、自分にゆう。かーさんの手、くもみたく、もぞもぞはって、るから、わかる。かーさんのからだ、もうバスタブにおさまれれない。眠れ、眠れ、る。かーさんのもういっぽーの手は、きっと自分のあそこだ。においがぷんぷんして

あたしは12さい。ってか、あんなことあったとき、12さいだった。いまは16。この2しゅーかんぐらい、そう、白ブタのリーチェンスタインに学校おんだされてから、1983年と1987年が、12さいと16さいが、さいしょの赤んぼとこんどの赤んぼが、頭んなかでごっちゃになってる。かーさんにフライパンでぶたれたのは、さっきのこと？　赤んぼは生まれたてで、白いもーふにくるまってる？　それとも、まるまるふとって、死んだ目えして、ばーちゃんちのベビベッドにねてる？　なんもかもが、コインランドリのせんたっきにはいった服みたく、ぐるんぐるん、うえにしたに……。かーさんの足があたしの頭の横っちょにぶちあたったかとおもうと、つぎのしゅんかんには、あたしはつくえをとびこえて、ミセス・リーチェンスタインにつかみかかってる。

でも、いまは、たったいまは、ながしの前にたって、皿あらってる。かーさんはカウチで眠ってる。きょーは金よー日だ。1987年の10月16日。あと土よーと日

よーをとーりぬけないと、月よーにたどりつけれない。だいたい学校の日に。

「学校だって？」と、かーさん。「あんたが行くのは、ふくし課だよ。学校行っても、なんにもなりゃしない」　125ちょーめの〈レーン・ブライアント〉の店員さんが、このスパッツの色、ネオンイエローってゆってた。あたし、それはいて、Xのスエットシャツ着た。顔にワセリンぬって、かみの毛はどーしよーもない。お金はいったら、またヘアバンド買おうっと。かべにはってあるファラカン師のポスターを見る。アーメン、アラー！　ラジオのタイマー、赤で8：30am。出かける時間！

かーさんは眠ってる。目えさます前にかえってきて、そーじして、朝食つくんなきゃ。どーして、かーさんはなんもしないの？　いちど、ぶったおされたあとできいたら、そんためにあんたがいるんだろ、って。

あたし、テレサホテル19かいの、だいたい学校に行くんだ。くつはリーボックの白。ナイキよりじょーとー？　そんなことない。つぎはナイキを買う！　みどりのかわジャケットに、かぎのたば。さあ、行こ。ドアノブに手をかける。

「どこ、行くんだい？」かーさんのへやから声がとんでくる。

なんで、あのでぶけつは眠ってないの？　あたしはへんじをしない。ほっといてよ！

「あたしのゆってること、聞こえてんだろ！」あたしはげんかんのロックをはずしはじめる。4つもある。「プレシャス！」知るもんか。あたし、行くよ。かいだんはせまっちくて、おりてくときからだの両がわがどっかにこすれる。赤んぼ生んだら、すこしやせるかな？　自分のいえに住めれるかな？

朝の通りに出たら、レノックスがいはもう車やタクシーやバスでいっぱい。132ちょーめのかどのスーパーマーケットとマクドナルドの前に、はいたつトラックがとまってる。ダウンタウンの学校やしごとばに行く男のひと、女のひと、子どもたちが、てえりゅーじょでバスまってる。みんな、どんなとこではたらいてるんだか。あたし、どんなとこではたらいて、どーやってかーさんのいえ出るの？　大っきらいだ、かーさん。126ちょーめまできて、向かいには〈シルヴィアズ〉。あたし、お金ない。アフリカ人のもの売りがならんで、いろんなもの売ってる。かわのさいふ、アフリカの服、貝のイヤリング、ほかにもいろいろ。

あたし、ゆっくりゆっくり歩いてく。おなかおっきくなってるから、だれも声かけてこない。「よお、ビッグ・ママ」だの「とくだいミートボール、ポテトなし」だの……。いまはあんぜん。そう、そのへんの男たち、ちょっかい出せれない。でも、カール・ケンウッド・ジョーンズはどうだろ？　おなかにいるのは、とーさんとのあいだのふたりめの赤んぼ。この子も、ちえおくれになるんだろか。

こんどのことは、かーさんも知ってる。へっ、そりゃ知ってるさ。かーさんがあいつをよこしたんだ。うそじゃない。あのくさいめすブタは、あいつにあたしをさしだした。たぶん、そーすれば、あいつにファックしてもらえるからだろ。あいつは夜だけじゃなく、すきなときにあたしの部屋にはいってきた。あたしにのっかって、だまれ！ってゆう。あたしのけつをひっぱたく。ミシシッピ川みてえなでかまんのくせして、肉棒つっこまれたぐらいで、いてえなんてゆうんじゃねえ。すぐ慣れるさ、ほら慣れてきた、ってわらいながらゆう。あたし、ベッドにあおむけで、あいつがおっかぶさって……そいから、あたしはチャンネルかえて、からだもかえて、ビデオでダンスしてる！　映画で！　はじけて、とんで、おどりまくってる！　ふん、ふん、アポロげきじょーで、ダグ・E・フレッシュだかアル・B・シュアだかのステージを、バックでもりあげてる。みんながあたしにむちゅーで、きみはさいこーのダンサーだ、すごい、すごい、って……。

「おまえと結婚する」って、あいつがゆってる。さっさとすませろよ、黒んぼ、しゃべってないで！　しゃべって、うめくから、ゆめがきえたじゃないか。さいしょはファックであたしの人生ぶちこわして、こんどはたわごとでファックぶちこわす。だまれ！って、さけびたくなるよ。この黒んぼ、とーさんのくせして、どーやってあたしとけっこんするのさ。あたしはあんたのむすめで、むすめとファックするのは、いけないことなんだ。けど、ぶたれたくないから、あたしはだまってる。だんだんきもちくなってきた。ビデオのダンスやめて、あたし、ふわふわまいあがる。ひっしでビデオにもどろーとするけど、カールのしたであたしのからだゆれて、あそこがびっしょりぬれて、それがきもちい。きもちくて、はずかしー。「ほらな、ほらな」って、テレビのカウボーイみたく、あいつはあたしのももをたたく。おっぱいの先っぽ、ぎゅってにぎって、かぶりついてくるから、またすこしきもちくなる。「ほら、おまえもこれが好きなんだろ！　おまえのかーちゃんとおんなしで、これが大好きなんだ！」そーゆって、カールがちんこひっこぬくと、あたしのあなぼこから白いぬるぬる出てきて、シーツがぬれる。

「乗るのかい、おじょうさん？」バスのなかからうんてんしゅさんが声かけてきて、あたし、目えぱちくりした。うんてんしゅさん、くびふって、ドアしめた。てえりゅーじょのガラスのいたによっかかって見てたら、101ばんのバス、125ちょーめどーりを走って、どんどんちいさくなってく。あたし、どーやってここまで来たんだか。あさのこんな時間に、125ちょーめでなにやってんの？　あしもと見たら、スパッツが目にとびこんでくる。ネオンイエロー――ああ、そうだ！　だいたい学校！　そこへ行こーとして、レノックスがい歩いてたら、やなことおもいだして、ぼーっとなったんだ。

「だいじょぶか？」ごみあつめかなんかのせーふく着たひとがきく。

「だいじょぶ、だいじょぶ」ひとがまわりにあつまりだした。

「あの女、いかれてるぜ！」バギーパンツはいたやせっぽの男が、わざとおっきな声でとなりの男にゆう。

「がりがりけつのぼけなす野郎！　ひとのことはほっとけ！」あたし、そいつらのこして、125ちょーめどーりをわたり、テレサホテルまで歩く。このホテルの前、ひゃっかいもとーってるけど、なかにはいったことなかった。ドアはいってすぐ、つくえにすわった男のひといたけど、そのひとなんもゆわないから、あたしもなんもゆわない。エレベータの黒いとびらがあく。のって、なかに立つ。うごかない。ボタン押すんだよ、ばーか、って自分で自分にゆう。あたし、ボタンを押した。ばかじゃないからね、って自分にゆいかえす。

エレベータおりると、つくえの向こうに、かみの毛とーもろこしみたくあんだ女のひとがいた。つくえに白いプラスチックの板おいてあって、黒い字でなんか書いてある。

「ここ、だいたい？」あたし、きいた。

「え、なんですって？」女のひとが、まゆ毛つりあげる。

「ここ、だいたい？」この女、ちゃんときこえてたはずなのに！

「何をさがしてるのか、正確に教えてくれる？」きどったゆいかた。

「えっと、ここはなんてゆうとこ？」

「ここは、高等教育代替機関の相互補習教室《イーチ・ワン・ティーチ・ワン》です」

「あたし、だいたい学校さがしてるの」

「ああ」もいちど、あたしをじっと見る。「ここが代替学校よ」

あんだかみの毛、たらしてないひと、はじめて見たよ。せっかく長くのばして、なんでたらさないんだか。

「だいたいって、なに？」この女にきくのはしゃくにさわるけど、ここがどんな学校なんだか、いまのうちたしかめとかないと。

「あなたが何を知りたいのか、よくわからないんだけど」

「だいたいの意味。あたしをおん出した学校の先生に、テレサホテルの１９かい行けってゆわれた。〝だいたい〟学校、あるからって」

「なるほど、なるほど。イーチ・ワン・ティーチ・ワンは代替学校で、代替というのは、べつの選択肢、ちがうやりかたという意味よ」

「はあ」

「どこの学校から来たの？」

「だい１４６」

「それ、中学校じゃない？」

「あたし、16だよ」

「その学校があなたを正式に退学処分にしたという書類が必要で、そうじゃないと、あなたをこちらのプログラムに入れることはできないの」

「あたしがおん出されたのは、にんしんしたからで――」

「ええ、ええ、わかるけど、それでも正式な書類がないことには、入れてあげられない。そういう決まりなのよ」

「ミセス・リーチェンスタインはそんなことゆってなかった」

「あら、あなた、リーチェンスタイン先生が電話でおっしゃってた生徒さん？」

「先生、なにゆったの？」

ひとりごとみたく、「あなたが来るかもしれないから、よろしく面倒を見てもらいたい、と」そーゆって、つくえのうえのしょるいをぱらぱらめくる。「あなた、クレアリース・P・ジョーンズさん？」

「そう、それ」ひょっとして、ほんとにめんどーみてくれるわけ？　すごいじゃん。

「第百四十六中学の校長先生から、もうあなたの退学証明書やなんかが送られてきてるわ」

「〝やなんか〟って？」

「どうかした？」あたしの顔見て、はっとことばをとめる。「どうかした？」

「成績表とか――」あたしの顔見て、はっとことばをとめる。

「あいつら、あたしのファイルおくった！」あったまに来て、わめいた。

「まあ、こちらでも、あなたをプログラムに組み入れる前に、ある程度の情報が必要だったのよ。うちの生徒さんは、収入、居住地、学業成績なんかで、一定の条件を満たさないといけないの。中学があなたの書類を送ってきたのは、手続きが早くすむようにという配慮からだと思うわ」

ファイルにいったい、なにが書いてあるんだか。赤んぼいること、書いてあんのは知ってる。赤んぼのちちおやのことは？　赤んぼのぐあいのことは？　ページがみんなおんなしに見えることとか、体重とか、いままでやったけんかの数とか……。なにが書いてあるかは知らないけど、こいつらがあたしをこまらせたいときや、あたしの人生のいきさきを決めたいとき、かならずくそったれファイルがつかわれることは知ってる。でも、まあ、ファイルはここにあって、もーぜんぶ知られてるわけだから、じたばたしてもしょーがない。なるよーにしかなんないよね。

「きょうからはじめれる？」

とーもろこし女のまゆ毛があがる。「ええ、それはもう。つまり、入学手続きがあるんだけど、あなたの場合、ほとんどすんでるの。ひとつだけ、どうしても必要なのは、収入証明ね。現在、児童扶養手当は受け取ってる？」

「ううん」

まゆ毛がまたあがって、めがねのおくの目がしたを向く。

「かーさんが、あたしとむすめのぶん、手当もらってる」

「ああ、羊水穿刺《せんし》検査を受けたわけね？」こんどはあたしのおなかを見てゆう。

「はあっ？」

「お母さんが受け取ってるのは、あなたとあなたの〝娘〟さんの手当なんでしょう？」あたしのおなかのほうに、あごをしゃくる。

「この子のことじゃない！　これから生まれる子のほかに、もひとりいるの」

「ああ、なるほど。お母さんがあなたと娘さんの保護者になってるのね。言い換えれば、お母さんにとって、あなたがたは〝稼ぎ手〟だ、と」

「うん、まあ」この女、見かけほどばかじゃない。

「わかった。お母さんの入金明細と、最近の電話代か公共料金の領収書を持ってきて。いい？」

「うん」そーゆって、あたし、じっとにらむ。「いますぐ、ぜんぶもってこなきゃだめ？」

「いいえ、だいじょうぶよ。まず、ちょっとしたテストを受けてもらうわ。読み書きと計算の力を試して、ＧＥＤ予科とＧＥＤ、どちらに入るかを決める」

「どーちがうの？」

「GEDクラスは、基礎的な学力がちゃんと備わってて、すぐにGEDの勉強を始められる人向け。予科のほうは、GEDクラスのレベルに達するまで少し努力が必要な人」

「そのレベルって？」

「そうね、GEDクラスに入るには、八年生レベルの読み書きができないといけない。TABEリーディング・テストで八・〇以上は取らないと」

「146じゃ、9年生だった」

「だったら、たぶん問題ないでしょう」とーもろこし女がにっこりしてゆう。

「どーしたのさ？」あたしは、うしろに立ってとーあんを見てるあさぐろいでぶ女にきく。あたしのに似たスパッツをはいてるけど、色は黒。あおいブラウスを着てて、シルクみたくじょーとーに見える。けっこーセンスいい。あたし、はだの色うすい人が好きだな、じょーひんな感じで。やせてる人も好き。かーさんはふとってて、黒い。あたしが100キロあるとしたら、かーさんは150キロだ。センスいいでぶ女が、あたしを見てる。あたしはふりかえる。しつもんに、まだこたえてもらってない。

「どーしたのさ？」あたしは、もいっぺんきく。

「あのね、あなた、テストをもう一度受ける必要があるかもしれないわ」

「あんた、先生？」

「先生のうちのひとりよ」

「なに、おせえてんの？」

「GEDクラスの受け持ち」

「ほかにも、先生がいんの？」

「ミズ・レイン」

「そのひとは、なに、おせえてる？」

「ミズ・レインは、GED予科のクラスを受け持ってるわ」

あたしは、そのクラスのほーがよさそーだ。「あたし、そっちのクラスに入る」

「う――ん」とうなって、でぶの黒牛があたしを見る。このひとが先生なんて、しんじらんない。

「もう一度、テストを受けてみない？」

「やだ」

こんなことは、べつにめずらしくない。テストってゆうと、かならずへんなぐあいになる。テストはあたしを、のーなし女に見せる。テストはあたしとかーさんを、あたしの家族みんなを、ごみくず以下に、すがたの見えない人間のよーに見せる。まえに1度、テレビであたしたちを見たことがある。きみ悪いドラマで、ふるいお城とかの、ほら、おばけやしきみたいなやつ。で、出てくる人が、なん人かは人間で、なん人かはきゅうけつきなの。でも、ほんものの人間はそんなこと知んなくて、やがてパーティーの夜になる。白んぼたちがロースト・ターキー食べたり、シャンパンのんだり。そいで、カウチに5人すわってて、なかのひとりが立ちあがり、しゃしんをとるの。わかる？　しゃしんができあがって（インスタマチックだから）、見ると、ひとりしかうつってない。ほかの人のすがたがない。きゅうけつきだから。そいつら、食って、のんで、服を着て、しゃべって、ファックして、いろんなことするけど、よくよく見ると、どこにもそんざいしてないんだ。

あたしは、でかいからだして、しゃべって、食べて、りょーりして、わらって、テレビ見て、かーさんにゆわれたしごとをやる。でも、しゃしんができてきたら、あたしはきっとうつってないだろな。だれもあたしを求めてない。だれもあたしをひつよーとしてない。あたし、自分がなにものか、知ってる。みんながあたしをなにものとゆってるか、知ってる。社会の血をすうきゅうけつき。黒くてみにくいしぼーのかたまり。おっぱらって、ばつをあたえて、ぶっころして、心をいれかえさせて、しごとをあてがってやらなきゃならない大きなにもつ。

あたしはあたしとゆう人間なんだ、ってゆいたい。ちかてつで、テレビで、映画で、大声出してゆいたい。ピンクの顔をしたスーツすがたの男たちのしせんは、あたしの頭のうえをとびこえてく。あの人たちの目のなかから、あの人たちのテストのなかから、あたしは消えてしまってるんだ。おっきな声でしゃべっても、あたしはどこにもいない。

あたし、なんども、なんども見てる。ほんものの人間、しゃしんができてきたときにうつってる人間。それは、きれえな人間で、ボタンみたいなちっちゃなおっぱいと、白いストローみたいな長いあしをした女の子。白人はみんな、しゃしんみたいなんだろか？　ちがう。だって、学校の白人はふとってて、おとぎばなしの悪いまほーつかいみたくざんこくで、だけどちゃんとそんざいする。それは、はだが白いから？　象みたいなおなかして、あそこからごみためみたいなにおいをさせてるミセス・リーチエンスタインがそんざいすんのに、なんで、あたしはだめなんだろ？　なんで、あたしは自分が見えなくて、どっからが自分で、どこまでが自分か、感じらんないんだろ？　あたしはときどき、スーツを着たピンクのはだのひとたち、つとめ人たちとすれちがい、すると向こうは、あたしのずっとうえのほーを見て、あたしを目のなかからおい出す。とーさんも、あたしをちゃんと見てない。ほんとに見てたら、あたしのなかみが、白い女の子と、ほんものの人間とおんなしだってわかるはず。わかんないから、あたしにいつもいつも乗っかって、ちんこつっこんで、あたしのなかを痛くして、血を出させて、あたしが血を出してんのに、あたしをぶつんだ。お花をもって、ストローみたく細いあしをして、しゃしんにちゃんとうつってるあたしが、見えないの？　ずっと長いあいだ、しゃしんの外に出てたから、あたしはそれになれてる。でも、だからって、痛みがなくなるわけじゃない。ときどき、店のウインドーのそばをとーると、でぶで黒いはだをした中年女、かーさんによく似た女が、こっちを見る。だけど、それはぜったいにかーさんじゃない。かーさんはうちにいるんだから。ちびモンゴが生まれたあと、かーさんはうちを出たことがない。あたしが見てるのは、だれ？　ときどき、ふろばにつっ立って、自分のからだを、にんしんせんを、おなかのしわを見る。あたしは自分をかくそーとして、それから自分を見せよーとする。あたしはかーさんに、かみの毛や服につかうお金をねだる。かーさんがあたしのかわりに、あたしの赤んぼのお金をうけとってるのはわかってる。前は、かーさんはお金をくれた。いまは、ねだるといつも、おまえはあたしのだんなを取った、だいじな男をぬすんだとゆう。かーさんのだいじな男？　よしてよ！　あれは、あたしのろくでなしのとーさんだ！　かーさんが電話で、あたしのことを、あつかましいめす牛で、自分のてえしゅをぬすんだいんばいだって、だれかにゆってるのがきこえる。どうやったら、かーさんの目にあたしが見えるんだろ？　あたし、自分が生きてなければいいって思うことがある。でも、どうやって死ねばいいか、わかんない。コンセントをぬきゃいいってもんじゃないから。どんなにぐあいが悪くっても、あたしのしんぞーは止まんないし、朝になると目がひらく。あたし、むすめがちっちゃな赤んぼだったときから、ほとんど会ってない。むすめの口に、おっぱいをふくませてない。そんなことしてどーするって、かーさんはゆう。じだいおくれだよ。あたしだって、あんたにそんなことしなかった。あの子どもにおっぱいやって、なんになる？　あれはちえおくれだよ。モンゴロイド。ダウンしょーこー。

テストのけっか？　知ったこっちゃない。あたしはめすブタ先生の顔を見て、あたしを見てんのか、テストを見てんのか、さぐろーとする。だけどもう、だれがなにを見てたって、どうでもよくなってきてる。あたしの目には、だれかが、なにかが見える。あたしには赤んぼがいる。だから、どーした。あたし、じまんに思うよ。あれがとーさんの子だってことと、そのせえであたしがまたしゃしんからおん出されたってことをのぞけばね。

「もう一度？」

えっ、なんかゆった？　めすブタ先生の声。「もう一度、テストを受けてみる？」

あたしは首をよこにふる。なんのために？　おんなしだよ。なん回やっても、かわんない。あたしはあたし、プレシャスだ。先生が、あたしは1ばんのクラスで、月よーと水よーと金よーの朝9じから昼12じまでだってゆう。「いままで毎日、朝からゆーがたまで学校いってたよ」と、あたしはゆう。先生が、ちがうやりかたに合わせられるかってきく。あたしはこたえないで、でも、しばらくしてから、おっきな声でゆう。「うん」

Ⅱ

朝、目がさめて、さいしょに見えるのが、かべにはったファラカン師のしゃしん。あたし、この人大すき。ファラカン師は、ヤク中とか白んぼとたたかってる。悪いことはみんな、白んぼからはじまる。とーさんがあんなふうなのも、白んぼのせいだ。自分がかけがえのない人間だってこと、わすれてしまってる！　だから、あたしをファックして、ファックして、ぶって、子どもまで生ませる。あたしが1どめににんしんしたのを見て、とーさんはゆくえふめえになった。なん年も前から、ずっと前から、あたしはそーゆうことよく知ってた。

あたしと赤んぼがびょーいんから出てきたとき、かーさんはあたしたちを〝ふくし課〟に連れてった。あたしは母親だけど、まだ子どもだから、かーさんがふたりのめんどーを見るってゆうんだ。そいで、けっきょく、かーさんがやったことは、赤んぼを自分のふよーかぞくにすることだけ。あたしは前から、かーさんのふよーかぞくになってて、それにあたしのむすめが加わったってわけ。あたしはもー、自分の名前でせえかつほご、うけれるんじゃないかと思う。あたし、16なんだもの。でも、ひとりで生きれるかどーか、自信はない。あたし、ときどき、かーさんがにくくなる。かーさんはあたしを愛してない。だったら、どーやってちびモンゴを愛せれるってゆうの？　あ、これ、あたしのむすめのこと。モンゴって、スペイン人みたいじゃない？うん、だからそーよんでるんだけど、ほんとはモンゴロイド・ダウンしょーこーの略。あの子はダウンしょーで、あたしはときどき、自分もそーなんじゃないかって思う。ときどき、自分がすごいばかに思える。すごいみにくくて、どーしよーもない人間。あたしにできるのは、毎日かーさんとうちにすわって、ブラインド下ろしたまま、テレビ見て、食べて、テレビ見て、また食べることだけ。カールがやってきて、あたしたちとファックする。しんしつを行ったり来たりして、やったあと、あたしのお尻たたいて、ひぃーっ、ひぃーってわめく。あたしのことを、バターー・ボールとかビッグ・ママとか2トンのごちそーとかよぶ。あいつのしゃべるのきくより、ファックされるほうがまだましだよ。ファックはときどき、気もちいい。頭んなかがこんがらがって、なにもかもゆらゆらこっちへ泳いでくる。なん日か、ぷかぷか浮かんでることもある。あたしは教室のいちばんうしろにすわって、だれかがなにかゆうと、どなりつけ、ぶんなぐり、ほかのときはおとなしくしてる。146中学を、もーすぐそつぎょーできるとこだったのに、すかし屋のミセス・リーチェンスタインがぜんぶぶっこわした。あたし……自分の頭んなかじゃ、あたし、コマーシャルに出てくる女の子みたくかわいらしくて、そいで、だれかが車でむかえにきて、そのだれかは、ずっとむかし大とーりょーやってるときに殺された人のむすこによく似てて、それともトム・クルーズか――なんかそんなふうな男の人がむかえにきて、あたしはテレビ・タレントみたくその車にのって――ああ、たいへん！　8時だ！　6時には起きてたはずなのに、時間はどこに消えちゃったんだろ！　きがえなくっちゃ。9時までに学校行かなくっちゃ。きょうはだい1日め。あたしはテストにごーかくした。〝しょとくきじゅん〞もみたしてる。いりょーふじょカードも、きょじゅうしょーめえ書もそろえた。めんどくさい書るい、ぜんぶ。じゅんびはできた。学校へ行けれる。学校だいじ（うちはつまんない！）。学校はあたしを、この家からつれ出してくれる。おけつに水ぶっかけて、起きなくっちゃ。ああ、いったいなにを着ていこ？　あたし、かーさんがレーン・ブライアントのセールスマンからつけで服を買ってくれるから、着るもんだけはいっぱいある。そのセールスマン、いっけんいっけんドアをたたいて、LLサイズありますよ、XLサイズありますよって、ろーかから声かけるの。さあ、服を着なくっちゃ。ピンクのストレッチのズボンにしよーか？　あれなら、黒のまるいえりのブラウスと合うし……。あたしはおけつに水をぱちゃぱちゃかけた。つまり、あそことわきの下をてえねえに洗ったってこと。あたしはかーさんみたくくさくない。ほんとよ。ちゅうしょくを買うお金はないし、ちょーしょくにマクドナルドもむり。れえぞーこからハムをひときれ出して、アルミホイルにつつんで、レノックスがいを歩きながら食べることにした。エッグマフィンみたくおいしくはないけど、なにも食べないよりましだ。そいから、また自分の部屋にもどる。ドレッサーのうえに、ノートがおいてある。とーもろこし女が、自分の体とえんぴつとノートをもってきなさいってゆってた。自分の体も、えんぴつも、ノートもそろってる。ねえ、だれか見てよ！あたし、出かけるんだよ！

あたし、むかしっから学校が好きで、でも、学校のほうはあたしを好きじゃないみたい。よーちえんと1年せえのときは、しゃべらなかったから、みんなにわらわれた。2年せえのとき、あたしはしょじょじゃなくなった。そのことは、今かんがえたくない。通りの向かいにマクドナルドがあるけど、お金もってないから、ハムを出してひと口かじる。こんど手当が出たときに、かーさんにお金もらわなくっちゃ。それと、学校からきゅうふ金がもらえるはずだから、文ぼーぐはそのお金で買おー。2年せえのときは、しゃべりかたがへんだからって、みんなにわらわれた。そいで、あたし、しゃべるのをやめた。なんになるってゆうの？　それからのあたしは、ものわらいのたね。あたしがいすにすわると、男の子たちは口でおならの音を出して、あたしがやったみたくはやしたてる。あたしが立つと、はなをならして、ぶたのなきまねをする。そいで、あたし、立つのもやめた。なんになるってゆうの？　そんときから、おもらしがはじまった。まひしたみたく、あたしはじっとすわってる。うごかない。うごけれない。2年せえのたんにんは、あたしをすごいきらってた。そー、あの女には、すごいきらわれた。127ちょーめと126ちょーめのあいだにあるフライドチキンの店のウインドーに、あたしがうつってる。ピンクのストレッチのズボンが、けっこーきまってる。125ちょーめのレーン・ブライアントの女店員が、大がらな女の子だって、さいしんりゅうこーの服を着ていいんだってゆってたから、これ着てるんだ。でも、男の子たちはやっぱりわらう。なにを着れば、わらわれないんだろ？　2年せえのときから、あたし、ただじっとすわってた。ほかのみんなは、そこらじゅうを走りまわる。あたし、クレアリース・P・ジョーンズは、午前8時55分に教室にはいり、せきについて、しゅうぎょーのベルがなるまでうごかない。おもらしする。なんで立たないんだか、自分でもわかんないけど立たない。じっとすわりっぱなしで、おしっこをもらす。先生はさいしょ、すごい気にしてて、そいからわめきだして、そいからこーちょー先生をよびに行った。こーちょー先生はかーさんをよび出して、もーひとり、だれだか思い出せないけど、ひとをよんだ。さいごに、こーちょー先生は、ほっときましょーとゆった。おもらしだけですんで、ありがたいと思いましょー。話のわかる子だけ相手にしなさいって、たんにんにゆったの。どーゆういみだろ？　あたしは話がわかんないってこと？

頭がいたい。なにか食べなくっちゃ。もー8時45分。9時には学校につかないといけないのに。ハムはない。お金もない。あたしはフライドチキンの店までもどる。どーどーと入ってって、バスケットひとつ、と女の店員にゆう。チキンはゆうべののこりもんみたいだけど、ここに来るきゃくは古くったたって気にしない。ポテトフライは、と店員がきく。ポテトサラダ、とあたしはゆう。ポテトサラダはおくのれえぞーこに入ってる。あたし、知ってるんだ。店員がせなかを向けたすきに、あたしはチキンとロールパンをつかみ、さっと店からとび出して、チキンを口にくわえたまま、126ちょーめを走る。「かっぱらいビッグ・ママ！」って声は、こわれかけたビルの前に立ってるヤク中。あたし、そっちへ顔も向けない——ヤク中を見るとへどが出る！　黒人のつらよごし。北アメリカたいりくのヤク中みんな、じごくに落ちてしまえ！

うでどけえを見たら、8時57分！　だけど、学校はもーすぐそこ！　126ちょーめの角を、アダム・クレイトン・パウエル・ジュニア大通りに折れる。チキンのほねを角のごみかんになげ入れ、口についたあぶらをロールパンでぬぐったあと、のこりのパンを口におしこんで、125ちょーめをわたったら、ほらついた！　エレベータにのって、のぼってるとちゅうで、はっと気づく。ノートとえんぴつをフライドチキン屋におきわすれてきた！　うげえ！　それに、9時00分じゃなくて、9時05分になってる。ああ、でも、先生も黒んぼ。先生だろーとなんだろーと、黒んぼが時間どーりに仕事をはじめるわけない。エレベータのチャイムがなった！　あたしはおりる。教室は、左がわのいちばんおく。先生は、ミズ・レイン。

ロビーを、あたし、ゆっくりゆっくり歩いていく。チキンとパンで、おなかはいっぱい。こーゆうとき、いつもは泣きたくならないけど、いまは泣きたい。頭んなかが、135ちょーめのYMCAのプールみたい。夏は人がうじゃうじゃいて、ほとんどはあさいほーにかたまって、ふかいほーはひとり、ふたり。あたしの頭は、年じゅうあんなふうにこんがらがってる。1年せえのとき、男の子に、口をおとしちまったのか、クレアリース、ふんづけてころんじまうぞってゆわれた。2年せえのとき、あたしはでぶだった。それから、おならの音やぶたのなきまねがはじまった。男のともだちも女のともだちもいなかった。あたし、黒板をにらんで、ふりをしてた。なんのふりだかね。頭んなかをときどき汽車が走ったりしないよーなふりや、それに、そー、きょーかしょの55ページをみんなといっしょによんでるよーなふり。その前に、黒板からきこえてくるテレビの声が、ほかのみんなにはきこえないんだって気づいてたから、あたし、その声にへんじをしないよーにしてた。プールのふかいほーのはしっこ（ボビー・ブラウンそっくりのかっこいいかんしいんがいなかったら、おぼれちゃいそーなとこ）に、あたしのつくえがあって、あたしのいすにあたしがすわってて、世界がブンブンとゆう音にかわって、なにもかもが耳にうるさくて、先生の声はテレビのまっしろ画面の音。おしっこのせんがひらいて、ほかほかのくさいえきたいが、シュ、シュ、シュ、シューとふとももをながれていく。あたし、死にたくなる、自分がきらいになる、大、大、大きらいになる。くすくす、くすくす、わらい声がきこえるけど、あたしはうごかない、息もほとんどせずに、じっとすわってる。みんながくすくすわらう。あたし、まっすぐ前を見てる。みんながあたしのことをしゃべる。あたし、なんにもゆわない。

7さいから、毎ばんみたく、あいつがあたしに乗っかる。さいしょは、あたしの口だけだった。そのうち、もっと、もっと。そいで、そーにゅうする。だいじょぶだってゆうの。ほら、おめえは血ぃ出てない。しょじょは血ぃ出るもんだ。おめえはしょじょじゃねえって。7さいだよ、あたし。

ゆっくりゆっくり歩いてるつもりが、あたし、知んないうちにぴたっととまってた。

こーとーきょーいくだいたいきかんイーチ・ワン・ティーチ・ワンのだいいち日めのロビーで、あたしはじっと立ってる。なぜそれに気づいたかとゆうと、左がわいちばんおくのドアから、ミズ・レインが顔を出して、「だいじょうぶ?」ってきいたから。ミズ・レインだってことはわかった。この前、テストが終わったあとで、あのめがねのとーもろこし女が、教室見せてくれて、先生をゆびさしたんだ。

あたし、足をうごかす。なんにもゆわない。ゆうことが、口んなかにない。もーちょっと足をうごかす。ミズ・レインが、予科クラスのひと? ってきく。あたし、うんってゆう。先生が、教室はここよってゆって、ドアのなかにひっこむ。あたし、教室に入って、さいしょに見えたのが、まど。ここは高いから、ほかのビルは見えない。空がブルー、ブルー。そいから、教室を見まわした。かべは、きたないうすみどり。ミズ・レインはつくえの前にすわってて、こっちにせなか向けて、クラスのみんなとまどに顔向けてる。〝クラス〟ってゆっても、5人か6人しかいない。先生がふりむいて、おかけなさいってゆった。あたし、ドアのそばに立ったまんま。つばをごっくんとのみこんで、なんだか泣こーとしてる気分。先生のたばねたちりちりのかみの毛、すてきに見えて、でもいやらしくも見える。ひざがふるえてきて、おもらししそーで、こわい。もーなん年もやってないけど……。どーしたらいいのか、わかんない。でも――うしろのほーに、いすが6つ、きれえにならんでるのが見える。あそこへ行こー。

教室はしーんとしてる。みんながあたしを見つめてる。神さま、あたし、泣きませんよーに。はなから息をすって、おっきな、おっきな息をして、そいからゆっくり、うしろのほーへ歩きだす。けど、小とりかはえみたいなもんが、しんぞーをつきぬけてった。そいで、足がとまる。まだ1れつめ。そいで、あたし、うまれてはじめて、1れつめのせきにすわった（よかったよ。うしろのせきからじゃ、黒板がぜんぜん見えないから）。

あたし、ノートもお金ももってない。あたしの頭んなかは、年じゅうオリンピック・サイズのプールで、つくえにのりづけされたあたしがいっぱい浮かんでるし、そのつくえのあしんとこには、おしっこがおっきな水たまりになってる。だあれも知んないだろーけど、あたし、じょーだんでこの学校来てるんじゃないよ。先生の頭のうえの、あれはなに？　色のくろい、ちっちゃな女のひとのしゃしん。プルーンみたいな顔して、古くさい服着てる。だれなんだろ。先生はつくえの前にすわって、めえぼにしるしをつけてる。むらさきのワンピースに、ランニングシューズ。感じのいい、こげちゃいろの顔、おっきな目、かみの毛はさっきゆったとーり。かーさんは、黒んぼがこんなかみの毛にするの、大っきらい！　ファラカン師はいい人だけど、あそこまでやるのはやりすぎだってゆうんだ。あそこまでって、どこまでなんだか。こんなかみの毛した黒んぼを、あたしがどー思うか、それはわかんない。

先生がなにかしゃべってる。

「こういうノートを、持ってきてくださいね」くろと白のノートをもちあげてゆう。あたしがフライドチキン屋にわすれてきた79セントのノートとにたようなやつ。話のとちゅうで、女の子がひとり入ってきた。

「九時三十七分です」先生がゆう。「遅刻よ、ジョー・アン」

「おなかすいてたまんなかったから、より道してきたの」

「こんどより道するときは、ここに来なくていいわよ。あしたから、九時きっかりに、このドアにかぎをかけます！」

「いえをもっと早く出るよーにする」

「そうしなさい」先生はジョー・アンの目をまっすぐにのぞきこむ。ジョー・アンをこわがってないんだ。やるう、ミズ・レイン。

「きょうから、新しいお友だちが――」

「落としものがあったの！」ジョー・アンがさけぶ。

「ねえ、申しわけないんだけど」と先生はゆったけど、もーしわけないどころか、顔はおこってる。

「あ、ごめんなさい、ミズ・レイン」――この言いかたで、ジョー・アンがおどけものだってことがわかった――「だから、あたし、フライドチキン屋でめっけてきたこのノート、だれかいらないかなって思って」

「あたしのだ！」あたしはゆう。

「ほしいってこと？」と、ジョー・アン。

「あたしのノートだってこと」こんなことゆうなんて、自分でもびっくり。「レノックスがいの127ちょーめと126ちょーめのあいだにあるアーカンソー・ジュニア・フライドチキンに、けさ、おきわすれたの」

「ひゃあー、おったまげのひっころげ！　あたし、その店でめっけたんだよ」

あたしが手をさし出したら、ジョー・アンはにっこりした。ノートをわたすとき、あたしのおなかを見て、「よてえ日は？」ってゆう。

あたしは、「わかんない」

ジョー・アンはへんな顔して、なんにもゆわずに、あたしのすぐうしろのれつの、ふたつかみっつはなれたせきにすわった。

ミズ・レインはすごいむかついたみたかったけど、きげんをなおして、「きょうは、新しいお友だちのほうが数が多いようだから、一日めにもどって、おたがいの紹介をしたうえで、これからここでなにをやっていくかを、いっしょに考えてみましょう」とゆう。あたし、どーなってんだろって目で先生を見た。これからここでなにをやるかは、先生が知ってんじゃないの？　あたしたちに、どーやってかんがえろってゆうんだろ。あたしたち、なんにも知らないよ。おしえてもらうために、ここに来てんだ。おねがいだから、また……また……なんてゆうんだっけ？——二のまいに、そー、なん年か前の二のまいになりませんよーに。

「輪になりましょう」先生がゆう。せっかく1れつめにすわったばっかりなのに、輪になれだなんて……。

「いすも、たくさんはいらないわね」2れつめからいすをもってこよーとしたジョー・アンを、先生が手をふってやめさせた。「五脚か六脚、そう、人数分だけ出して、小さな輪の形に並べるの。自己紹介が終わったら、元にもどしましょう」そーゆって、いちばん先にいすにすわったんで、あたしたちもみんなそのまねをする（だって、ミズ・レインは先生なんだから）。

「はい。じゃあ、ちょっとした自己紹介を、そうね、名前と、生まれた場所と、好きな色、得意なこと、それから、なぜここに来たかをしゃべってもらいましょう」

「ええっ？」おっきな赤い女の子が、いやそーな顔でゆう。ミズ・レインは黒板の前に行って、「さいしょに、名前」といいながら、チョークでかく。「二番めに、どこで生まれたか……」そーやって、1から5までならべた。

1　名前

2　生まれた場所
3　好きな色
4　得意なこと
5　どうして、きょう、ここにいるのか

もー一度いすにすわって、ゆう。「はい。わたしから始めるわ。わたしの名前は、ブルー・レイン──」

「それ、ほんとの名前?」男もののスーツを着た女の子が声をあげた。

「まあね。ここでうその名前を言っても、しかたがないでしょ」

「ファーストネームが、ブルー?」おなじ子がゆう。

「まあね」ミズ・レインは、その男の子みたいな女の子にうんざりしてるみたい。

「せつめえして!」

「うーん、名前を説明する必要はないんじゃないかしら」すごいてえねえな声でミズ・レインがゆったら、その子、ひきさがった。「名前がブルー・レインだって言ったところだったわね。わたしが生まれたのは、カリフォルニア。好きな色は、むらさき。なにが得意か? うーん、歌がとてもじょうずよ。それから、わたしがここにいるのは、友だちがここで教えてて、ある日、ピンチヒッターを頼まれたの。それで、その友だちが退職したときに、あとを引き継いでほしいって言われた。はいって返事をして、それからずっと、ここで教えてる」

あたしは輪を見まわした。あたしをのぞいて、5人いる。おっきな赤い子と、フライドチキン屋であたしのノートを見つけたおしゃべりな子と、あかるい色のはだをしたラテンけえの子と、そいから、ちゃ色のはだのラテンけえの子、それと、男もののスーツを着たあたしとおんなし色の子。この子、ほんとに男みたい。

おっきな赤い子がゆう。「あたしの名前は、ロンダ・パトリース・ジョンソン」ロンダはおっきくて、あたしよりせが高くて、はだの色はあかるいけど、それがなんにも役に立ってない。くちびるがぶっとくて、はながぶたみたいで、でぶでぶで、さびっぽい色のかみの毛はつんつんにみじかくて、よーするに、ブス。

「生まれたのは、ジャマイカのキングストン」えっ、それはびっくり！ ココナツ頭のれんちゅうみたいなへんなしゃべりかた、ぜんぜんしてないもん。「すきな色はブルーで、りょーりが得意」

「どんなりょーり？」だれかがきく。

「あててごらん！」ロンダがゆいかえす。

「ビーンズライス！」

「はい、はい」そんなかんたんなもの、ゆわないでよって口ぶり。

「やぎ肉のカレー!」

「ええ、なんでもだいじょーぶ。あたしのおかーさん、びょーきになる前は、7ばんめのレストランやってたから、なんでもおしえてくれたの。あたしがここに来たのは」まじめな声になって、「よむ力をつけて、GEDをとれるよーにするため」

つぎは、あかるい色のはだをしたラテンけえの子。「あたいの名前は、リータ・ロミオ。生まれたのは、このハーレム。ここに来たのは、ちゅうどくになって、学校やめて、よみかきがちゃんとできないから。すきな色は、黒」きたない歯を見せてわらう。「見りゃあ、わかるだろーけどさ」ほんと、服も、くつも、みーんな黒。

「得意なことは？」ロンダがきいた。

「うーん」とかんがえこんでから、ふるえる声でゆっくりとゆう。「あたしは、いいおかーさん。とてもいいおかーさんよ」

男ものスーツの子のばん。はだの色はあたしとだいたいおんなしだけど、にてるのはそこまで。あたしは、どっから見ても女だもん。この子はねえ。

「わたしの名前は、ジャーメイン」

ほーら！　名前まで男みたい。

「あたしのすきな色は——」

「さきに、生まれた場所をゆってよ」と、またロンダ。

ジャーメインが、かみつきそーな目でロンダをにらむ。ロンダはぷいっと顔をそむけた。ジャーメインは、ブロンクスの生まれで、いまもブロンクスに住んでるんだって。すきな色は、赤。ダンスが得意。この学校に来たのは、ブロンクスのわるいかんきょーにそまりたくないから。

ラテンけえのリータがゆう。「わるいかんきょーにそまりたくないから、ハーレムに来るって？」

ジャーメインがゆいかえす。「あんたもわるいれんちゅう知ってるかもしんないけど、ブロンクスには、もっとわるいのがうじゃうじゃいんの」

「この学校のことを、どうやって知ったの？」ミズ・レインがきく。

「友だち」

ミズ・レインは、それ以上なにもゆわない。

こんどは、あたしのノートを見つけてきた子。「ジョー・アンがあたしの名前で、ラップがあたしのとくぎ。あたしの色は、ベージュ。あたしのもくひょーは、レコード店のたなをとること」

ミズ・レインがジョー・アンのほうを見た。たなをとるって、どーゆう意味だろ。

「どこで生まれたかと、なぜこの学校へ来たか」ロンダがゆう。そーか、ロンダはしきるのがすきなんだ。

「生まれたのは、キングズカウンティー病院。あたしが九歳のとき、ハーレムにひっこしてきた。ここへ来たのは、GEDをとって、とゆっても、あたし、もー音楽ぎょーかいに入っちゃってるのね。んで、のしあがっていくために、きょーいくのほーをなんとかしなくちゃいけなくなったんだ」

つぎの子がしゃべりだす。「あたしの名前は、コンスエーロ・モンテネグロ」うわーっ、ラテンけえのきれえな顔だち、コーヒークリーム色のはだ、つやつやした長いかみ。ブラウスは赤。「なぜここに来たか、どんな色がすきか——なんなの、このくそみたいな質問?」おこった顔を、ミズ・レインに向けた。

ミズ・レインはおちついてる。レインって、おにあいの、いい名前。相手のきたないことばづかいも、ぜんぜん気にしてない感じ。「緊張をほぐして、おたがいのことをもっとよく知るための、ひとつの方法よ。あまり深刻にならないような質問をして、ひとりひとりが気持ちよく、自分のことをみんなにさらけ出せるようにするの」ひと息ついてから、「答えたくなければ、答えなくていいのよ」

「こたえたくない」このきれえな子の発言は、これでおしまい。

こんどは、みんながあたしのほーを見る。輪になってるから、あたしはみんなが見えて、みんなはあたしが見える。あたし、1びょーかんぐらい、また教室のいちばんうしろに行きたくなって、でも、すぐに、そんなことは2度としない、そんなことするよーな自分だったら自さつしちゃうって思いなおした。

「名前はプレシャス・ジョーンズ。生まれたのはハーレム。あたしの赤んぼもハーレムで生まれる。どんな色がすきかは――ええと、黄色。ぴかぴかの黄色。で、前の学校でいろいろあって、ここへ来た」

「得意なこと」と、ロンダ。

「なんにも」と、あたし。

「だれにでも、得意なことはあるわ」ミズ・レインがやさしい声でゆう。

あたしはなんにも浮かばなくて、くびをふった。自分のくつをじっと見つめる。

「なにか、ひとつだけ」と、ミズ・レイン。

「りょーりができます」あたしはゆう。目はまだ、くつを見てる。いままで、あたし、先生とやりあうときと、からかう男の子たちをどなるときしか、教室でしゃべったことなかった。

ミズ・レインがクラスのことをせつめえしてる。「これからもときどき、こうやって輪になってお話しします。でも、いまはいすを列にもどして、授業に入りましょう。最初に言っておきますけど、ここは読み書きの基礎をやるクラス、GED成人教養課程の予科クラスで、字を読んだり書いたりするところから始めます。GEDクラスではないので――」

「GEDじゃないって?」と、ジャーメイン。

「ええ、そうよ。ここは、生徒に読み書きを教えるためのクラスです」

「くっそー、よみかきなんて、知ってるよ。あたし、GEDがとりたいんだから」ジョー・アンがゆう。

ミズ・レインはげんなりした顔。「だったら、このクラスはあなたの入るとこじゃないわ。それから、きたない言葉は使わないようにね。ここは学校なんですから」

「くそみたいなおせっきょーは——」

「改める気がないんだったら、ジョー・アン、出ていってもいいのよ」ミズ・レインの顔は、出てけ、ばかたれってゆってる。

ラテンけえのリータがゆう。「あたしのクラスは、ここだな。あたし、よみかきできないもん」

ロンダもゆう。「ちょっとはできるけど、だれかに助けてもらわなきゃなんない」

ジャーメインはどーしよーかなって顔してる。

ミズ・レイン。「GEDクラスに入りたいんだったら、一時にこの教室にもどってきて、学力テストを受ければいいのよ」ジャーメインはうごかない。コンスエーロはジャーメインのほーを見て、でもなにもゆわない。ジョー・アンは、一時にもどってくる、くそみたいなクラスにはいられない! ってゆう。もんもーじゃないんだから、って。ミズ・レインはあたしを見る。しゃべってないのは、あたしだけ。なにかゆいたいけど、どーゆえばいいか、わかんない。話しなれてないってこと、どーやってせつめえできるの？　あたしはミズ・レインを見る。ミズ・レインがゆう。「さあ、プレシャス、あなたはどう？　ここが自分のいるべき場所だと思ってる？」

あたし、ずっとだれかにゆいたかったこと、絵のないページはみんなおんなしに見えるってこと、いつもいちばんうしろにすわってたこと、7さいのときにいち日じゅういすにすわってうごかなかったこと、先生にゆいたい。でも、あたし、7さいじゃない。でも、あたし、声出して泣いてる。ミズ・レインの顔見てると、目からぽろぽろなみだが出てきて、だけど、かなしくもはずかしくもない。

「ここは、ミズ・レイン……ここは、あたしのいるべき場所？」

先生はティッシュを1まいくれて、ゆう。「ええ、プレシャス。そうよ」

ミズ・レインが、休み時間にしますとゆう。「十五分たったら、もどってくること」マイクでしゃべってるみたくおっきな声。あたし、みんなといっしょに立ちあがって、ロビーに出る。ロビーにいるのは、あたしたちだけ。ほかのクラスの生徒は12時になるまで来ないって、ミズ・レインがゆってた。ロンダが、店まで行ってくるけど、なにかほしいひとはいないかってきく。あたし、なにかほしいけど、お金もってない。リータが50セントわたして、ビネガー味のチップス、なければふつうの、とたのむ。ロンダはあたしを見て、あんたのぶんも買ってくるよってゆう。あたし、顔をあげる。ロンダがにっこりする。また泣きだしてしまいそう。みんながあたしのこと、泣いてばっかりのでぶガキだって思うだろな。あたし、こんなのになれてない。でも、むかしっから、こんなしんせつなこと、ゆわれてみたかった。あたし、お金はあとでもってくるってゆう。ロンダは、わかってるよ、なにがほしいのってきく。あたし、バーベキュー味のチップスをたのむ。ロンダがぱっと消えた！　からだはおっきいのに、すごいすばしっこい。

びじんのラテンけえのコンスエーロが、ため息ついた。「クラスに、男の子いないね」まるで、せえかつほごの小切手をお金にかえて、そのお金をすぐなくしちゃったよーないいかた。

ジャーメインがゆう。「よかった」

ひゃあ！　なんか、へんな子。あたし、ちょっとだけジャーメインからはなれる。みんなにごかいされたくない。

教室にもどったら、ミズ・レインが、これから毎日なにをするかを話してくれた。やっぱ先生は、なにやるかちゃんと知ってたんだ。あたし、いっしゅん、前みたくなるんじゃないかってびくびくした。前みたく、英語でAのせえせきをとって、なんにもゆわず、なんにもしない。いすにすわってるだけ。毎日55ふんかん、かべにくっつくぐらいうしろに引いたいすにすわってる。いち日めのあとは、なにも見えない。きこえない。頭んなかでテレビがなってる――テレビとミュージック・ビデオを行ったり来たり。ビデオでは、あたしがちっちゃな服着ておどってる。あたしのからだも、ちっちゃくなって。

「毎日、ノートを使って、読んだり書いたりします」と、ミズ・レイン。

よめれなかったら、どーやってかくんだろ？　それより、かけれなかったら、どーやってかくの！　あたし、字をかいたことなんて、思いだせれない。頭がぐるぐるまわって、おそろしくなる。ひょっとして、ここもあたしのクラスじゃないかもしんない。

ミズ・レインがしゃべってる。ええーっ、ちゅうごくのことわざだって、あたしたち、ちゅうごくじんじゃないよ！　ああ、でも、まじめな顔でゆってる。「長い長い旅も、一歩から始まるの」って、いったい、なにがゆいたいの？　この学校は『スター・トレック』じゃないんだから。ラテンけえのリータは、神さまでも見るみたくミズ・レインを見てる。ロンダはせなかをしゃんとのばしてすわってる。ジャーメインはよこ目でコンスエーロを見てる。コンスエーロは自分のつめを見てる。

ミズ・レインがノートをうえにあげて、ゆう。「こういうノートが一冊、必要になります」——あたしがもってるよーなやつだ——「それから、もう一冊——ルーズリーフでも、らせん綴じでもいいから、メモを取ったり、宿題をやったりするために、用意しておいてね」ややこしい、ややこしい、ちゅうごくの長いたび、ノートが2さつ、かけとゆわれてもかけれない——

ジャーメインがゆう。「どっからはじめんの？」

ミズ・レインは、「まず最初に」とゆって、ハンドバッグからチョークを出して、黒板のほーへ歩いてった。黒板にAとかいて、チョークをジャーメインにわたす。ジャーメインがBとかく。ジャーメインがコンスエーロにわたして、コンスエーロがCとかく。コンスエーロがロンダにわたして、ロンダがDとかく。ロンダがリータにわたす。リータは1ぽ前に出て、泣きだす。ミズ・レインが、みんなでかんがえてみましょーとゆう。みんながおっきな声でEとゆって、リータが黒板にEとかいて、あたしにチョークをわたして、あたしがFとかいて、そんなちょーしでさいごまで行く。おわったとき、みんないっぺんにどっかりいすにすわって、そいでわらってしまった。ミズ・レインは、これがはじまりで、アルファベットは26文字あって、ひとつひとつに音があるってゆう。英語のことばはぜんぶ、この26文字でできてる。さあ、ノートをひらいて、1987年10月19日って日づけを入れてから、アルファベットをかいてごらんなさい。

ノートにアルファベットをかきおえたあと、あたしたちは声をそろえてよんだ。ミズ・レインが、うちにかえったら、なんどもなんどもれんしゅうするよーにとゆった。水よー日に、ひとりずつ立って、あんしょーしてもらいます。ジャーメインが、「わたし、もーぜんぶ頭に入ってるんだけど」とゆう。ミズ・レインは、「だったら、なにも心配することないでしょ」とゆった。でも、ジャーメインがOのつぎにPじゃなくてQとかいたのを、あたしはおぼえてる。ほんとだよ。あたしはちゃんとれんしゅうしよー。ぜったいに。ミズ・レインが、水よー日には、日しのつけかたをおしえてくれるってゆってる。だから、日しにするノートもわすれずもってくるよーにとねんをおす。日しとノートとどーちがうのか、ききたいんだけど、あたし、学校でいままでしつもんしたことない。

頭んなかで、ちっちゃな音楽がなってる。どっかへはこばれていきそー。おなかで赤んぼがうごく。いい気もちじゃない。なるべくかんがえないよーにしてるけど、おなかはこんなにおっきくて、ぼーこーのうえにでっかいおもしがのっかってる。スイカがまるごと入ってるみたい。いしゃにみてもらう？　かーさんは、この赤んぼのふよー手当を、あたしにしんせえさせたがってる。だけど、あたしがかーさんにふよーされてる立場なんだよ。あたしが学校行かなくなったら、そのお金は入らなくなる。あたしのむすめのぶんは、ずっと入りつづけるけどね。あの子、ちえおくれだから。

こんどの赤んぼも、どっかおかしいんだろか。どーでもいい。こんどの子がもしダウンしょーこーだったら、あたし、自分の名前で小切手もらおー。

でも、小切手がほしいかどーか、よくわかんない。本をよむって、どんな感じなんだろ。

ミズ・レインが、きょーのじゅぎょーはだいたいおわりで、あと、かえる前に、よこにあるちっちゃなへやで、ひとりずつちょっと話したいとゆった。アルファベットじゅんに来てちょーだいって。あたし、パニック、パニック。アルファベットじゅんって、なんのこと？　わかんないよ！

ミズ・レインは、ちっちゃなへやでまってるってゆって、立ちあがって、そいから、なんだかたよりないことをゆった。あたし、たよりないことゆう学校の先生って、見たことない（こっちがぶんなぐるつもりでいるときは、べつだよ）。こーゆったんだ。「よければ、わたしをブルーと呼んでちょうだい」って。どーかしちゃったんじゃないの？　なんで、あたしたちがそんなふうによばなきゃなんないんだか。あたし、頭に血がのぼったり、ひとにこけにされたりすると、きたないことば使うこともあるけど、ほかの人たちに〝けえい〟はしめそうとしてるよ。だから、あたしは心んなかでゆう。いいえ、ミズ・レイン、あなたをブルーなんてよびたくありません。「あるいは……そうね」と、先生がまだゆう。「レイン。ただのレインって呼ぶ人もいる」声にちょっといなかっぽいとこがあるみたい。ジャーメインがゆう。「それがいいな、レイン」ほかには、だれもなんにもゆわない。

ミズ・レインがいなくなったあと、ロンダが立ちあがる。さすがってゆうか。「はい、アルファベットを見て」おっきな声でゆう。声をちっちゃくしたほーがいいよ、っていいたいけど、あたし、口に出せれない。「はい」と、ロンダ。「だれの名前がさいしょに来るでしょー」

コンスエーロが、「たぶん、あたしだな」ってゆう。なんでかききたいけど、あたし、きけれない。そんな気もちが、ロンダにつたわったんだろか。あたしがききもしないのに、「わかってる、プレシャス？」ってゆう。あたしは「ううん」ってゆう。ロンダが、「アルファベットを見てごらん。Aではじまる名前のひとが、こんなかにいる？」ってゆう。あたしはくびをふる。「Bは？」あたしはまたくびをふる。「Cは？」こんどはくびをふらない。「そうよ！」と、ロンダ。「コンスエーロはCではじまるから、いちばんさいしょ」とゆって、ロンダがかく。

1　コンスエーロ

つぎはだれ？　ロンダがあたしにきく。わかんない。ロンダは、D、E、F、G、とゆびさしていく。あたし、ジャーメインのほーを見る。ジャーメインが「わたしの名前は、Jからだよ」ってゆう。ロンダのゆびが、H、I、Jとすすむ。

あたし、ジャーメインをゆびさす。これで、

1　コンスエーロ

2　ジャーメイン

ミズ・レインがドアから顔をのぞかせる。ロンダが「やるもんでしょ?」とゆう。ミズ・レインがにっこりして、顔をひっこめる。ロンダがよみあげる。「K、L、M、N、O、P——」

「プレシャスのP!」あたしはさけぶ。「あたしがつぎだ」「そゆこと、そゆこと」と、ロンダ。

1　コンスエーロ

2　ジャーメイン

3　プレシャス

「Q、R――」

「リータ！」こんどはリータがさけぶ。「あたしだって、Rだよ」と、ロンダがゆって、「あたしとリータ、どっちがさきでしょー？」としつもんする。ジャーメインが「あんただろ」と、ロンダにゆう。なんでだか、あたしにはわかんない。あたし、ジョー・アンのことを思いだす。あの子も、ジャーメインとおんなしJだよね。ジョー・アンがもしここにいたら、ジャーメインよりさきになんの？　あと？

ミズ・レインがドアまで来て、さいしょのひと、ってよんだ。コンスエーロが行く。そいからまた、ミズ・レインが来て、つぎ、ってゆったんで、ジャーメインが行く。そいから、あたしのばん。先生といっしょに、ちっちゃなへやに入っていく。「むずかしくかんがえなくていいのよ」ミズ・レインがゆう。「この本を、一ページだけ読んでほしいの」あたしのからだから、空気がぜんぶぬけていく。あたし、おなかをぎゅっとおさえる。ミズ・レインがびっくりした顔をする。「プレシャス！」あたしの頭が水になる。いやなもんが見えてくる。とーさんが見える。テレビが見えるラップがきこえるなんか食べたいとーさんにファックしてほしい死にたい死にたい。

「プレシャス！　だいじょうぶ？　息を吸って！　力を抜いて、息を吸うのよ。救急車を呼びましょうか？　九一一に電話する？　お母さんに――」

「だめ！」

「どうしたの、プレシャス?」

あたし、やっとのことで空気をすいこむ。「あたし……どのページもおんなしに見える」そいから、しんこきゅう。ああ、ゆっちゃった。

ミズ・レインがかなしそーにため息をつく。「なんとなくわかるわ、プレシャス。でも、ここでやってみてほしいの。自分のためにがんばって、プレシャス、読んでみて」

あたし、かたっぽの手を本のほーにのばす。

「できるだけでいいのよ。知らない言葉はとばして――」ミズ・レインの声がとぎれる。「このページを見て、知ってる言葉を読んでごらんなさい」

あたしはそのページを見る。すなはまに、なん人かひとがいる。しろい人間がいて、オレンジ色やネズミ色もいる(黒人やなんかのことだろーと思う)。

「何についてのお話だと思う、プレシャス?」

「すなはまにいるひとたち」

「そのとおりよ」ミズ・レインがひとつの字をゆびさして、これはなに、ってきく。あたしは「A」とこたえる。ミズ・レインがほかの字をいくつかゆびさす。あたし、なんにもゆわない。「この単語、知ってる?」ううん、知んない。「ひとつひとつの字は、わかる?」ええと、たぶん。ミズ・レインは、DとAとYをゆびさす。このたんごを知ってるかってきく。知んないけど、あたしはだまってる。ミズ・レインはゆう。「〃日《ディ》〃よ。これは〃日〃という単語」さっきの〃A〃をゆびさして、そいから〃DAY〃をさして、そいから、つぎのAとTをさして、「この単語は、なあに？」ときく。あたしは「アッテ」とよむ。ミズ・レインが「おしい！　もうちょっとよ！　これは〃at《アット》〃」とゆう。そいから、そのつぎのたんごをゆびさす。あたしが「〃the《ザ》〃」とゆうと、ミズ・レインがいちばんさいごのたんごをさす。あたしは「〃すなはま《ビーチ》〃」とゆってみたけど、〃ビーチ〃にはBがあるはずなのに、このたんごにはない。ミズ・レインが「〃海岸《ショア》〃よ。これは〃海岸〃という単語で、〃砂浜〃とほとんど同じ意味。上出来、上出来」とゆう。そいから、ねこがのどならすみたいなやさしい声で（あたし、むかしっから、ねこかいたいんだ）、「全部通して、読んでみてくれる？」とゆう。あたし、「すなはまのいち日《ア・ディ・アット・ザ・ビーチ》」とよむ。ミズ・レインはもーいっぺん、じょーできってゆって、本をとじる。あたし、泣きたくなる。わらいたくなる。ミズ・レインにだきついて、キスしたくなる。ミズ・レインはあたしをいい気もちにしてくれた。いままで、あたし、なんにもよめれなかったんだから。

　水よー日がいくら早く来てもいいなって思いながら、125ちょーめをあるいてく。あたし、ハーレムが大すきで、とくに125ちょーめはすき。いろんなものがある。

黒んぼにもカルチャがあるってことがわかる。かーさんにお金もらって、日しのノート買って、ロンダにチップス代かえさなきゃ。あそこ、あたしにはいい学校だな。

あたしがいえにかえると、かーさんはドラマのまっさいちゅう――テレビ、テレビ、テレビ。ドアをあけたとたん、どなり声がとんでくる。

「でかけつかかえて、こっち来な！」

あたしがなにをしてきたと思ってんだろ？　つかれてて、めんどーはごめんだ。

「けさは、こそこそどこへ行ってたんだい？」

カウチにすわってると、くじらみたい。かーさんは、ずっと外に出たことない。1983年、84年、85年、86年、で、いまが87年でしょ。ちびモンゴが生まれてから、ずうっとだ。ソーシャルワーカーがうちに来る。あたしは学校行ってる。おばーちゃんのトゥージーが、ソーシャルワーカーが来る日には、ちびモンゴをうちにつれてくる。しょるいじょーは、ちびモンゴはここに住んでて、かーさんがちびモンゴとあたしのめんどー見てることになってるから。かーさんは、あたしとちびモンゴのぶんの小切手としょくりょークーポンをうけとる。だけど、あたしの赤んぼだよ。ちびモンゴのお金は、あたしのもんなんだ！

「ゆってること、きいてんのかい！　こそこそどこへ行ってきたかってゆったんだ！」

「学校！」あたしはどなりかえす。「学校に行ったの！」

「学校に行ったの！」かーさんがあたしの口まねをする。すごい頭に来る！　ゆってることはわかってるくせに。「うそつきのいんばい！」

「うそじゃない！」

「うそにきまってる！　ふくし課からでんわが来て、あたしの手当からおまえのぶんをはずすってゆわれたんだ。おまえがちゃんと学校行ってないから」

まったく、もー！　かーさんこそ、のーみそどこへ行ってたの！　てえがくになったことは、ちゃんと話したよ。3しゅーかんも、あたし、ずっとうちにいたでしょ。しゅーに7日、いち日24時間。ミセス・リーチェンスタインが来たとき、かーさんもいたじゃない。どーなってんのよ、かーさん！　あたしとかーさん、どっちがまぬけなの？

「なに、じろじろ見てんだい？」

あたしのへやに行くためには、かーさんの前をとーんなきゃなんない。あたし、自分のへやに行きたいだけなのに。

「あさごはん、食ってないよ」

ああ、そーゆうこと。しょくじを作らせたいんだ。あたしが出かける前に作ってていかなかったから、おこってるんだ。もー、かーさんのしょくじ作るの、あきあきした。かーさんは長いこと立ってれないから、自分じゃ作らない。あたし、かーさんのほーを見る。サーカスの見せもの小屋に出れるほどのでぶじゃないけど、すぐにそーなりそー。あたしがふつうの学校に行ってたころは、毎朝かーさんのしょくじ作って、出かける前にかーさんのへやまではこばされた。でも、てえがくになってから、作るのがちょっとおそくなった。きょーは、だいたい学校に行くってこと、かーさんも知ってたはずだ。

「きょーは学校行くって、ちゃんと話したよ」

「学校なんか、わすれちまえ！　おまえはふくし課へ行きゃいいんだよ！」

「学校行くと、きゅうふ金がもらえる」

「きゅうふ金だって？　なんだい、そりゃ？　ふくし課へ行けってゆってんだよ、いますぐ！」

「いますぐ？」あそこでだれかに話をきいてもらうためには、朝7時に行かなきゃなんないってこと、知ってるだろに。さいきん、ふくし課はすごいこんでるんだ。「あしたの朝、いちばんで行くよ」

ミセス・リーチェンスタインをぶとーとしたときや、皿あらいの水のなかでほーちょーをにぎったときとおんなし気もち――でも、きょーはそれがもっとつよい。頭んなかで、テレビはかーさんのまたぐらとおんなしにおいだってかんがえてる。あたし、ばかだ。学校さぼったことないのに、べんきょーができない。へんなしゃべりかたする。ときどき、まわりの空気が、絵をうかべた水みたくゆらゆらする。ときどき、息ができなくなる。あたしはまじめな女の子だ。男の子たちとファックなんかしない。なのに、にんしんしてる。とーさんにファックされたから。そして、かーさんはそれを知ってる。かーさんは、にんしんしてるあたしの頭をけった。あたしのお金をぶんどった。ちびモンゴのお金は、あたしのもんだよ。すなはまのいち日、かいがん、いち日、いち日、ABC、アルファベットじゅん、CD、ABCD。あたしはノートをつかむ。かーさんのほーを見る。

「ふくし課には、あした行く――火よー日。水よー日は、学校に行く。月よー、水よー、金よーは、学校に行く」

あたしはかーさんを見てる。赤んぼはすいかみたいで、こつばんのなかでどんどんおっきくなって、あたしの足くび、ぱんぱんにふくれてる。ため息。こんなの、おわらせなきゃ。息をとめてでも、おわらせなきゃ。ときどき、そーしたくなる。ときどき、あんまし心がいたくて、ずっと目がさめなけりゃいい、ねむってるあいだに息がとまればいいって思う。目がさめないまほーがほしい。べつのときは、はっ、はっ、はあっ、はあっ、はふうっ、はふうっ、って、空気が足んなくて、むねをかきむしって、そしたらもー、息がしたくてたまんなくなる。

おなかに赤んぼがいることを、あたし、わすれよーとする。ひとりめ生むの、すごいきつかった。ちっともたのしくない。痛いだけ。あれがまた……。とーさんのこと、かんがえる。ちんこのさきから、白いしる出して。なめろ、なめろ。あれ、大っきらい。だけど、ファックされると、チリソースみたくからだがほかほかして、やらしい気分になる。頭がこんがらかってくる。とーさんなんか、大っきらい。でも、あたしのまんこはとびはねてる。とーさんもそーゆう。「ビッグ・ママ、おまえのまんこがとびはねてる！」いい気もちになる自分が、あたし、大っきらい。

「いつまでつっ立ってるんだい、のーたりんみたく」

やめて、そんなよびかたしないでって、ゆいかけたけど、力がぜんぶ、ありったけぜんぶ、とけ出してしまってる。いまはただ、よこになって、ラジオきいて、ファラカン師のしゃしん見てたい。ファラカン師はほんものの男。自分のむすめとファックしないし、子どもとファックしない。なにもかもおっきすぎて、あたしの頭におさまんない。とーさんのことかんがえると、なにもかもぐちゃぐちゃになる。

「つかれてんの」あたしがそーゆっても、かーさんは気にしない。

「ひるごはんを作りな。ひるはとっくにすぎてる。おまえは食ったのかい？」

「ポテトチップスをすこし」

「それだけ？」

ハムとチキンのこと思いだしたけど、なんにもゆわずに、「なにが食べたいの？」

ってかーさんにきく。

「さあね。なにがあるか、見てみな。なにもなかったら、あたしのバッグからクーポンとって、店でなんか、食えるもん買ってくりゃいい」

ABCDEFGHIJKLMNOPABCDEFGHIJKLMNOPQRS。アルファベットには26文字ある。ひとつひとつに音がある。すなはまのかいがんのいち日ABCDEFGHIJKLMNOPQRSTUVWXYZ。

そのばん、ゆめで、あたしは自分のなかにいなくて、でも自分がくるしがってる声で目がさめた。はっ、はっ、はあっ、はあっ、はあっ。あたしは歩きまわって、自分がどこにいるのか、声がどっからきこえてくるのか、さがそーとした。見つかんなかったら、あたし、ちっそく死してしまう。かーさんのへやに行ったけど、よーすがちがってて、かーさんもちがってた。あたしはちっちゃな赤んぼみたくなってる。かーさんは、とーさんがときどきやるあまったるいしゃべりかたで、あたしに話しかけてくる。そのかーさんのりょーあしのあいだで、あたしがはあっ、はあっ、ってあえいでる。かーさんはでっかい女のひとのにおいがする。しゃぶっとくれ、なめとくれ、プレシャス、ってゆってる。山みたいな手で、あたしをおさえつけてる。あたし、ぎゅっと目をとじたけど、くるしそーな息はとまんなくて、ますますひどくなる。そいで、目えあけて、見る。ちっちゃなプレシャスとおっきなかーさんを見て、らんぼーな気もち、かーさんをころしたい気もちがわいてくる。でも、そんなことはせずに、ちびプレシャスによびかける。さあ、かーさんのとこにおいで、って、このかーさんはあたしのこと。こっちへおいで、ちびプレシャス。ちびプレシャスがあたしを見て、にっこりして、うたいだす。ABCDEFG……。

水よーの朝、ジョー・アンがもどってきた。GEDクラスが気にいらなかったんだと思う。自分では、GEDに行く前に、すこしおさらいがひつよーなんだってゆってる。ミズ・レインは、さいしょなんにもゆわなかったけど、おさらいときいて、「このクラスでいいの、ジョー・アン？　ここは、読み書きを教えるところで、GEDのためのおさらいをするクラスじゃないのよ」とゆう。ジョー・アンがむっとした目でミズ・レインをにらむ。あたし、心んなかでミズ・レインにはくしゅした。いいたいこと、わかるよーな気がする。ジョー・アンは、自分はほかのみんなとちがうってたいどをとってる。ミズ・レインは、ほんとのいばしょをわからせたいんだ。ジョー・アンはまだ、GEDに入れるよーな生徒じゃない。

ミズ・レインがしゅっせきをとる。ジャーメイン・ヒックス、ロンダ・ジョンソン、プレシャス・ジョーンズ、コンスエーロ・モンテネグロ、ジョー・アン・ロジャーズ、リータ・ロミオ。ぜんいんしゅっせき。ミズ・レインがゆう。「最初にやりたい人は？」なんのことだっていいたそーに、ジョー・アンとジャーメインが先生を見る。あたし、立とーとしたら、リータ・ロミオがさきに立ってた。この子、ほっそりしてて、びじんじゃないけど、あかるい色のはだのせえで、顔まできれえに見える。ミズ・レインがあたしのほー向いて、プレシャス、あなたも立って、いっしょにあんしょーしなさいってゆう。リータがはんぶんほほえんで、あたしを見る。はんぶんだけなのは、むしばを見せたくないから。あたしと目が合うと、リータがうなずいて、あたしたち、いっしょに声を出した。ＡＢＣＤＥＦＧＨＩＪＫＬＭＮＯＰＱＲＳＴＵＶＷＸＹＺ。

そいから、ジョー・アンをのぞいて、みんなであんしょーする。そいから、ミズ・レインが日しよーのノートを出しなさいってゆう。かーさんはお金くれなかったけど、あたし、クーポンで食べもの買ったおつりで、ノート買った。ロンダにかえす５０セントも、びんやかんのこぜにをかきあつめてきた。

「これはあなたたちの日誌です」ミズ・レインがゆう。「毎日、これに書くのよ」ジョー・アンが、うげえ、って顔をする。やってらんない！　ＡＢＣをやったかと思ったら、こんどは日しを書け……。ミズ・レインがこわーい目でジョー・アンをにらむ。ジョー・アンをすきじゃないってことがつたわってくるけど、ミズ・レインはなんもゆわない。ほかのみんなに向かって、毎日15分ずつ日しをかくよーにとゆう。

　どーやって、と、あたしは心んなかでつぶやく。

「どーやって?」ロンダが口に出してゆう。「つづりもわかんないのに、どーやって15分もかくの?」

　つづりがわかったって、なにをかくんだろー、と、あたしは心んなかでつぶやく。

「なにを?」こんどはジャーメインがゆう。「なにをかけばいいの?」

　ミズ・レインがゆう。「頭に浮かんだことを書くのよ。頭のなかにある言葉を、どういう字で表わせばいいか、がんばって考えるの」すばやくあたしのほーを見て、「プレシャス、頭になにが浮かんでる?」ってきく。あたしは「なに?」ってききかえす。「たった今、なにを考えてるの?」あたし、口をあけてこたえよーとする。ミズ・レインが「言っちゃだめ。書きなさい」とゆう。あたし、「書けれない」とゆう。ミズ・レインが「それも言っちゃだめ」とゆう。「今言ったように、考えてることを字にしてみるの」

　あたし、ゆわれたとーりにする。

ち　モん　あ　う

ミズ・レインはみんなに、これから15分かん、しゃべらないで書くよーにとゆった。みんな、なにか書こーとしてる。時間ぎれになってから、ミズ・レインがあたしのとこに来て、書いたものをよむよーにとゆった。あたしはよんだ。「ちびモンゴ、あたまに、うかんだ」

あたしの書いた字のしたに、ミズ・レインがあたしのゆったことをえんぴつで書く。

ち　モん　あ　う

(ちびモンゴ、あたまにうかんだ)

そいから、べつのことを書く。

ちびモンゴって、だれ?

ミズ・レインは、その書いたことをよんでくれて、こたえをノートに書きなさいってゆう。あたし、ちびモンゴの名前を、ミズ・レインのまねして書いてみた。

ちひモンコ　あた　の　こモ

ミズ・レインがそれを、「ちびモンゴはあたしの子ども?」ってよむ。しつもんみたいなよみかただったから、あたし、「そー、そー」ってゆう。ミズ・レインは、ちびモンゴがあたしの子どもってことを知ってる。それは、あたしが日しに書いたからだ。あたし、書くのがうれしい。学校にいるのがうれしい。ミズ・レインは毎日書けとゆった。だから、いえでも書くんだ。で、ミズ・レインが毎日なおしてくれるって。すごいな。

いえにかえる。いえでは、あたし、すごいさみしい。いままで、ぜんぜん気づかなかった。ぶたれたり、りょーりしたり、そーじしたり、まんことけつのあな、痛かったりはねたりで、いそがしかったから。学校行くと、わらわれてばっかり。黒モンスター、ドラムかん、でぶでぶB54、どこにいる? で、頭んなかには、いっつも、テレビのザーザーまっさら画面がつきっぱなし。めんどーなこと、はずかしいこと、おーすぎて、さみしいなんて感じなかった。そんなの、とーさんに乗っかられたり、かーさんにけられたり、こきつかわれたり、あそこさわられたりするのにくらべたら、ちっぽけなことだもん。でも、また学校行くよーになってから、さみしい気もちが出てきた。みんなと輪になってすわってから、いままであたし、ずうっといままで、輪の外にいたことがわかった。かーさんはあたしにめえれえして、とーさんはあたしにやらしいことゆって、学校はあたしを知ろーとしなかった。

もー1か月になる。ちかごろ、あたし、学校からかえると、まっすぐへやに入る。にんしんしてないみたいなふりは、もーしない。頭にちゃんと、たたきこんでる。いままでだって知ってたけど、いまは、それがあたしのいちぶになってる。ただできちゃって、そだってて、おなかがどんどんふくらんでるだけじゃない。あたし、かーさんの前をさっさと歩いて、自分のへやに行く。へやにテレビがあったらいいんだけどね。かーさんはぜったい、あたしにテレビをわたさない。いっしょに見なってゆう。

そんなの、やだ。

あたし、へやにすわる。だれににんしんさせられたかも、あたし知ってる。でも、それは変えれない。ちゅうぜつは、つみ。赤んぼころす女たちなんて、大っきらい。自分がころされたら、どんな気もちするの？　あたし、赤んぼに話しかける。男の子だったらいい。女の子は、ちえおくれになるかもしんない。あたしみたく。だけど、あたし、ちえおくれじゃない。

ゆっとくけど、あたしの赤んぼは字がよめれるよーになるよ。ぜったいになる！

この子のかーさんは、ぼんくらじゃないからね。

あたし、自分のおなかを見おろす。もーだいぶおっきい。まだ7か月だけど、9か月には見える。あたし、もともとおっきいから。たいじゅうけえのはりは90キロでとまるけど、びょーいんにあるみたいなはかりだったら、きっとはりはまわりつづけるよ。あした、いしゃに行くんだ。ミズ・レインがおこった。あたしがいしゃに行ってないの知って、すごいおこった。たいじけんしん！　たいじけんしんに行きなさい！　クラスのみんなも、たいじけんしん！　ってわめきだした。なんだよ！　あれをやれ、これをやれって、そんなにいっぱいできれるもんか。さいしょの赤んぼ、キッチンのゆかで生まれたことは、みんなにゆってない。かーさんにけられたことも、痛くてたまんなかったことも。そんな話、だれがしんじてくれる？

あたしはファラカン師を見る。まどの外には、ほかのたてもののきたないれんが。学校みたく、空は見えない。へやのかべには、もー1まいポスターがはってある。ミズ・レインが、学校のかべにはるよーなやつをくれたんだ。そいで、ファラカン師のとなりに、ハリエットがならんでる。300人以上の黒人を、どれえの身分からすくい出した女のひと。『ルーツ』は見た？　あたし、見てない。ミズ・レインは、『ルーツ』を見なさい、見て、よくかんがえなさいってゆう。

おなかに手をあててみる。あたし、ここにすわって、かーさんが、しょくじ作りな、そうじしなってよぶまで、やすんでる。アルファベットには26文字ある。ひとつひとつに音がある。字に音をつけて、字をまぜあわせると、たんごができる。いろんなたんご。〝赤んぼ《ベイビー》〟はBからはじまる、〝赤んぼ〟のB、って、あたし、ひくいやさしい声でゆってみる。この子が生まれたらすぐ、ABCをおしえるんだ。これはあたしの赤んぼ。ちびモンゴはかーさんにとりあげられたけど、この子はわたさない。あたしはもーおとなだ。おとなだから、かーさんのてえしゅにファックされたんだろ。かーさん、ここに入ってきて、どなってくれた？　カール・ケンウッド・ジョーンズ、そんなことしちゃだめだ！　って。プレシャスからはなれなさい！　プレシャスがきれえな子だってこと、わからないのかい？　ざっしに出てくる白人の子みたく。トイレットペーパーのつつみ紙にかいてある白人の子みたく。あおい目の、やせっぽちの、長いおさげがみの、長い長いおさげがみのプレシャス。はなれなさい、すけべおやじ！　プレシャスはジムへ行く時間だよ。ジャネット・ジャクソンみたく。プレシャスはかみをおさげにあむ時間だよ。あたしのむすめからはなれなさい、黒んぼ！

そんなこと、かーさんはいちどもゆわなかった。ミズ・レインが〝かち〟の話、してくれた。〝かち〟はお金とおんなしよーに、あたしたちの生きかたを決めるんだって。そんなわけないよ。ミズ・レインはきっと、なんにもないってこと知んないんだ。息もできずに、小切手、小切手って、まっててさ。小切手おくれると、かーさん、泣くしかない。小切手はだいじ。いちばんだいじ。あたしの小切手なかったら、とっくのむかしに、あたしをころしてたと思う（ほんとにはころさないかもしんないけど、あたしの気もちが死んじゃうよ）。ミズ・レインは、気もちがだいじってゆう。ニュースで、白人の女のひと、小切手来なくなったから、車いすのおとーさん、さばくにおきざりにした。アルツなんとかのびょーきなんだって。そんなびょーきのおとーさんを、テディーベアといっしょに、サボテンの木のしたにほーり出した。小切手、だいじじゃないなんて、ゆわないでよね。

かーさんは、あたらしい学校のこと、くそみそにゆう。ノートに字ぃ書いたって、りこーになるわきゃないって。お金ほしかったら、コンピュータならいな。いつんなったら、コンピュータおしえてもらえるんだい？　でも、かーさんはまちがってる。あたし、りこーになってるよ。火よー日のいっぱんきょーよークラスにも行くつもり。だいじなのは、赤んぼ生まれたら、本よんでやること。だいじなのは、いろんな色のもの、かべにかけてやること。きいてて、赤ちゃん。あたし、おなかに手をあてて、しんこきゅうする。きいてて、赤ちゃん（ノートに書いてる）。

Aは、アフかのA（アフリカ）

Bは、べエ《ベイビー》*のB（赤んぼ）

Cは、くろ　は
（くろいはだ《カラード・ブラック》）
Dは、いヌ《ドッグ》
Eは、あく　みた／かさん
（あくま《イーヴル》みたいなかあさん）
Fは、ファック
Gは、ジャーメ　てもジャーJ
（ジャーメイン、でも、ジャーメインはJ）
オッケー、Gは、じゅー《ガン》
Hえい
（いえ《ハウス》）
Iあたし《アイ》　たレ
（だれか《サムボディ》）
Jジャー
（ジャーメイン）
kこス
（ころす《キル》）

Lあい
（あい《ラブ》）
Mフランカ　ホん　の
（ファラカンはほんもの《リアル・マン》）
Nきとkkk
（きた《ノース》アメリカ　KKK＝アメリカ）
Oひろ
（ひらく《オープン》）
Pちーひ
（ちんぴら《パンクス》）
Qクーん・リテアー
（クイーン・ラティファ）
Rんけえ
（そんけい《リスペクト》）
Sとめル
（とめる《ストップ》）
T二トん

（二トン）

Vとーひー

（とうひょう《ヴォウト》）

Wよー

（よい《ウェル》）

Xしとーしマム

（しどうしゃ《メイン・マン》マルコム）

Zへら

（へろへろ《ザンクト》　よっぱらいのようす）

きいて、赤ちゃん、かーさんはあんたをあいしてる。かーさん、ぼんくらじゃない。きいて、赤ちゃん。ABCDEFGHIJKLMNOPQRSTUVWXYZ。これがアルファベット。ぜんぶで26の字。字と字がことばをつくる。ことばはなんでも。

Ⅲ

男の子。男の子だった。一九八八年一月十五日、ハーレムびょういんで生まれた。アブドゥル・ジャマール・ルイス・ジョーンズ。これが、あたしの赤んぼの名前。アブドゥルは、神のしもべの意味。ジャマールは、わすれた。ルイスは、もちろん、ファラカン師からもらった。学校で、あたらしく入ったジョイスって子が、アフリカ人の名前の本、もってきてくれた。男の子だったらアブドゥルと、もう決めてた。でも、意味は知らなかった。

あたしの名前――プレシャスは、だいじなものって意味。クレアリースは、よその人の名前。かあさん、そんなの、どこからひろってきたんだか。

赤んぼのこと知らないけど、赤んぼのことうれしい。赤んぼのことかなしい。ソーシャルワーカーの人が来た。あたし、話した。ちびモンゴのこと、きかれた。あたし、ちびモンゴはセントニコラス街のおばあさんとこにいると言った。たぶん、言っちゃいけなかったんだ。でも、あたし、つかれてた。ゲームに、うそつくことに、つかれた。ミズ・レインが、真実は人を自由にするということば、本で読んだって言ってた。自分じゃ、そんなことば、あまり信じれないって。とにかく、この真実がかあさんの手からふよう手当をとりあげることは、たしかだ。だって、かあさんはふくし課に、モンゴがいっしょに住んでて、自分がモンゴとあたしの世話してるって言って、そいでふたり分のふよう手当の小切手をもらってる。これからどうなるか、あたしにはわからない。お金はあたしがもらえると思うけど、かあさんの家にそのまままいるんじゃ、どうしようもない。あたしの家がほしいけど、手当、そんなにもらえない。でも、それよりもなによりも、いちばんは、学校にもどりたい。それしか考えれない。みんな、なにしてる？　なに読んでる？　あたし、校外見学行きそびれたのかな？　きっとそうだ。

十一月があたしの誕生日だったけど、だれにも言ってないから、だれも知らない。でも、自分でろうそく一本つけた。プレシャス・ジョーンズがこの世に生まれたこと、あたし、うれしい。あたしが生んだ赤んぼも好き。あたしのお乳吸ってる。さいしょ、いやだった。ひりひり痛くて、そのうち好きになった。おりこうの赤んぼ。でも、あたしのもんじゃない。つまり、あたしのあそこからひり出したから、あたしのもんなんだけど、男の子と会って、れんあいして、セックスして、そいで赤んぼ生んだんじゃないってこと。

あたしはレイプされたんだと思う。

とうさんがあたしにしたことは、ファラカン師の話の、白人の男が黒人の女にしたこととおんなしだ。ああ、ひどい。白人は、黒人の男の前でそれをやった。だから、ほんとにひどい。ファラカン師がビデオで話してたのは、どれい制度があったころ、黒んぼは白人の住むお屋敷からはなれたハーレムみたいなとこに集められて、そいで、白人の男はそのハーレムに行って、気に入った黒人の女をえらんで、その女の人の亭主が見てる前でも、平気でファックしてたんだってこと。黒人の男は、レイプされる女たちよりつらい思いしたってことになってる。男はレイプを見なきゃなんなかったから。

あたしの赤んぼ、かわいい。愛さないなんてこと、できない。この子は、レイプでできた子。でも、いいんだ。ミズ・レインが、この国はレイプされた子どもたちの国だ、今のアメリカの黒人はレイプのさんぶつだって言ってた。

今でも、あたし、だれにも知られたくない。だけど、十二歳のときみたく、はっきり言うよ。赤んぼの父親がだれだか、知ってるのに知らないなんて言えない。

いちばんは、学校。あたし、学校にもどりたい。あたしのうでのなかで、お乳を吸ってる赤んぼがいる。あたし、アブドゥル愛してる。この子は正常。でも、あたしはどう？　あたし、学校にもどりたい。アブドゥルじゃまする。アブドゥルは、高等教育代替機関イーチ・ワン・ティーチ・ワンに行けれない。あたし、どうすればいい？　赤んぼ愛してるけど、あたしのもんじゃなくて、いや、あたしのもんだけど、この子ほしくてファックしたわけじゃない。とうさんにレイプされた。そして、自分のための人生のかわりに、今、アブドゥルがいる。でも、あたし、アブドゥル愛してる。学校もどりたいアブドゥル愛してる学校アブドゥル学校アブドゥル。あたし、ミズ・レインへの手紙、日誌に書いて、ミズ・レインは学校みたくそれを直してくれて、びょういんに来るときもってくる。

せんせ　レインさま
なんね　ガこー　よて　なモ　へんきー　してなに
(なん年も学校にかよって、なにも勉強してないのに)
また　とーん　ぁんホ　んた
(また赤んぼ生んだ、とうさんの赤んぼ)
ホーい＊＊＊＊　いレはーに　ない
(ボーイフレンドがいればいいのに、いない)

ホかんなのこ　たいに　おとのこ　フアク――しつれー
（ほかの女の子みたいに、男の子とファック――しつれい）
せーくし　てーかになたらな、しかたなけと
（セックスして停学になったのなら、しかたないけれど）
あんホ　たーすき　abcdefghijklmnopqrstuvwxyz
（赤んぼは大すき）

プレシャスへ
その日の日誌の書きはじめに、八八‐一‐一八というふうに、日づけを入れるのを忘れないようにね。
あなたが赤ちゃんを大すきなのは、うれしいことです。あなたのようにすてきな若い女性には、教育を受けるチャンスが与えられるべきだと思います。なによりもまず、あなたはあなた自身に対して責任を負っているのよ。学校をやめてはいけません。クラスにもどっていらっしゃい。みんな、あなたを待っています。
愛をこめて　ミズ・レイン

Rさま　一九八八　一カ一九

ソ＊＊＊ワカア　ちひモンコアフトル　てハし　よーしたしないた
（ソーシャルワーカーが、ちびモンゴとアブドゥルを手放して、養子に出しなさいと言った）
あのんな　コろしたなた
（あの女、ころしたくなった）
たすけなーて　コとたち　とりあけーよ＊ル
（助けもしないで、子どもたちを取りあげようとする）
アフトルとりあけレたら　なーモのこなぃ
（アブドゥルを取りあげられたら、なにものこらない）

プレシャス
　わたしには、逆だと思えます。アブドゥルがいると、あなたにはなにも残らないんじゃないかしら。あなたは今、読み書きを覚えているところで、それがすべてです。
　退院したら、学校へもどっていらっしゃい。
　あなたはまだ十七歳よ。なにもかもが、これから始まるのです。

ミズ・レイン

一／二〇
おはーチんきて　あんホへえきて＊てるの　いぬたけいた
（おばあちゃんが来て、赤んぼを平気で捨てるのは犬だけだと言った）
のあと　いぬてモ＊てないいた
（そのあと、犬でも捨てないと言った）

プレシャスへ
日づけのところに、八八年というのも、忘れずに入れてね。
プレシャス、あなたは犬ではありません。自分らしく生きようとしている、すてきな若い女性です。いくつか、あなたに質問があります。
1　お父さんがあなたにひどいことをしているとき、おばあさんはどこにいたの？
2　ちびモンゴは、今、どこにいるの？
3　あなた自身、これからどうすればいちばんいいと思う？

レニせん
せんせ　いーはい　し＊モんた　　たレ？

（先生、いっぱい質問した）

（だれ？）
たレモなぃ
（だれもいない）
あたしたけ
（あたしだけ）
フラん力なぃ
（ファラカン、いない）
かーんなぃ
（かあさん、いない）
おはちヤんない　とーさんなんねモ　あたしフアクした
（おばあちゃんはいない。とうさんは何年もあたしをファックした）
ちひモンコ　おはちんのコと
（ちびモンゴはおばあちゃんのところ）
いきしんなるのカ　チはんいー　ときときモー
（息をしなくなるのがいちばんいいと、ときどき思う）
そカ＊　いーかーん　りたいモー
（それから、いいかあさんになりたいと思う）

フレシャス・シヨンス

わたしのだいじなプレシャスへ
あなたよりもっとじょうずに子どものめんどうを見られる人に、赤ちゃんを育てもらうのが、いいかあさんになるということかもしれません。

ミズ・レイン

ミス・レイン
ひつ＊　カくのワ＊レないて　ミスレん
（日づけを書くのを、忘れないでね、ミズ・レイン）
あんホのめんと　あたしカちはんしよー＊にミレ
（赤んぼのめんどうは、あたしがいちばんじょうずに見れる）

ミス・プレシャス

プレシャスさま　八八－一－一二
小さい子どもを育てるには、助けがひつようよ。だれがあなたを助けてくれるの？　生活はどうするつもり？　読み書きのべんきょうは、どうやってつづけてい

くの？　　　　　　　　　　　　　　　　　　　ミズ・レイン

プレシャス

ミス・レイン
かーん　せえカ＊ホこ　けてル　あたしモけル
（かあさんは生活ほごを受けてる。あたしも受ける）

プレシャス様
退院して、うちにかえったら、ふよう手当がお母さんをどれぐらい助けていたか、たしかめてごらんなさい。
あなたには、お母さんにできなかったことができるのよ。ＧＥＤをとって、大学へ行くこともできる。なんでもできるのよ、プレシャス。でも、そのためには、まず信じること。

愛をこめて　ブルー・レイン

プルせんせ

このなまぇ　＊キ　ミス・レン　あたし　てモくたひた
（この名前、好きよ、ミズ・レイン。あたし、とてもくたびれた）

ほんとのとこ、アブドゥルを家に連れてかえって、休んで、そいで早く学校もどりたかった。でも、びょういんから家かえったら、かあさんがあたしをころそうとした。あたし、心んなかで、もしそんなことあったら、ほうちょうでぶっさしてやるって思ってた。だけど、かあさんがあのカウチから立ちあがって、五十人の黒んぼみたくとっしんしてきたとき、あたしにげた。アブドゥルとバッグつかんで、ドアに走った。赤んぼだいたあたしに、かあさん、めすブタだのいんばいだのぬすっとだの生活めちゃくちゃにしたからころしてやるだのわめえてる。「この手でしめころしてやる！」って。まっ黒いかべがあたしのほうへくずれてきたみたいなもんだから、にげるしかない。「さいしょは、あたしのてえしゅをぬすんで！　こんどは、手当をだいなしにして！」頭に血ぃのぼってる！　なんにも言いかえせれない。あたし、ドアをとび出して、かいだんのおり口で、かあさんにらみつけた。かあさんまだ口からあぶく出して、てえしゅをぬすんだのなんだの言ってる。かいだんおりるとき、あたし、ひとこと言いかえす。「あの黒んぼにレイプされたんだ。ぬすんだりするもんか。あんたのてえしゅは、あたしをレイプしたんだからね！」

さけびながら、ちっちゃなアブドゥルだいて、パンパースや赤んぼのもの入れたびょういんバッグもって、あたしのもの入れたスーパーのふくろもってた。

かんがえもしないで、足がかってに、ハーレムびょういんへもどってった。コッチ市長は、このびょういん、つぶしたがってる。黒んぼせんようのびょういんなんか、ひつようないって。ファラカン師は、ひつようだって言ってる。ミズ・レインは、ファラカンはユダヤ人ぎらいのホモセクシャルいびりのくわせもんだって言ってる。まんこがいたい。あたし、救急びょうとうのほうへ歩いてった。そいから、やっぱりもどって、正面げんかんから入ってって、産科に行きたいんだけどって言った。ふつうは、いろいろうるさくきかれる。赤んぼぬすみにくるやつ多いから。でも、うけつけの人、あたしがアブドゥルだいてるの見てる。このちび助すててくことあっても、ほかの赤んぼぬすむことないって、きっとわかってくれた。

あたし、エレベーターおりて、レノア・ハリスンかんごふをさがす。これ、ちびモンゴ生んだときのバター色のかんごふの名前。しゅっせして、びょうとうの女王さまになっちゃった。あたしはなんになるんだろ？　赤んぼの女王？　ちがう、ABCの、読み書きの女王になる。あたし、学校行くのやめないで、アブドゥル手ばなさないで、そいで、できたらいつか、ちびモンゴとりもどすんだ。あの子が今、どんな顔してるかも、あたし、わからない。ちえおくれってことしか。

あたし、待ってる。べつのかんごふ通りかかって、あたしが八三年に来たのおぼえてるって言った。やせっぽちの黒いかんごふ。あたし、おぼえてない。あんたやっぱりもどってきちゃったの。いちどしっぱいしてこりなかったのねって言う。なによ、その言いかた！　あたし、この子生まれるまでしっぱいなんかしてないし、ミズ・レインはあたしが目的もって生まれてきたんだって言ってるし、ウィッチャー先生はあたしに数学のさいのうがあるって言った。なんの目的かわからないけど、あたしには目的があって、理由があって、そいでファラカン師の話では、ぜんのうのアラーの神がついてるんだ。

しっぱい？　そうじゃないよ。黒んぼどもがレイプするのが、しっぱいなんだ。あたしは、そのしっぱいのあとしまつさせられてるんだと思う。ああ、あのきいろいかんごふ、どこ行ったの？　あたし、今、ホームレスだよ。あたしとアブドゥル、ホームレス。あくまのかあさんが部屋に入って、かべのポスターやぶいて、あたしの服めちゃめちゃにしてるとこ、目にうかぶ。ああ、さっさと来てよ、レノア・ハリスン！　バターかんごふ、やってきた。あたし、なにもかも話した。学校のこと、ファラカンとアラーのこと、数学のこと、っていうのは、あたしに数学のさいのうがあるってウィッチャー先生がミセス・リーチェンスタインに言ったことなんだけど、そいから、ABCのこと……。ミズ・レインが、あたしは母音やら子音やらおぼえるのが、あかるい色の肌したリータ・ロミオよりはやいって言ってくれたこと。ちびモンゴをおばあさんのとこにあずけてから、ほとんど会ってないってことと、そいから、アブドゥルもとうさんの子だってこと。はずかしくなんかない。ろくでなしはあたしじゃなくて、カール・ケンウッド・ジョーンズのほうなんだから！

あたしはプレシャスABCDEFGHIJKLMNOPQRSTUVWXYZ
あたしの赤んぼ生まれた
あたしの赤んぼ黒人
あたしは女の子
あたしは黒人
あたしは住むいえがほしい

助けてよ、かんごふさん、助けてよ、ミズ・レノア。あたしを助けてよ。学校行って、クラスで話して、ひとつおぼえた。それは、自分の気もちはっきり言うこと。アメリカは大きな国だって、ミズ・レインは言う。ばくだんは、ふくしよりお金かかるって。子どもやなんかをころすためのばくだん。せんそうするためのてっぽう――そういうものは、ミルクとパンパースよりお金かかるんだって。言うのよ。言うのは、はずかしくない。あんましょっちゅう言うから、ミズ・レインのことば、せんでん文句みたくきこえる。でも、それだから言うんだって。あたしたちが自分たち愛せれるように、社会を作りなおすために。あたし、自分を愛してる。そいから、あのでぶあくまに、いつまでもけつけとばされて、どなられてんのはいやだ。そいから、アブドゥル手ばなすのもいやだ。そいから、学校やめるのもいやだ。

バターかんごふは、きんむが今おわったとこで、なんとかしてあげたいけど、ベビーシッターのとこへ子どもむかえにいかなきゃなんないからって、きんむ中のべつのかんごふ呼んできた。

あたらしいかんごふに、あたし、血ぃ出てるからナプキンちょうだいってたのんだ。見たことないかんごふ。ちょっとつめたい感じ。またべつのかんごふと、こそこそなんかしゃべったあと、あたしんとこもどってきて、地下そうこに行きなさいって言う。この人たち、つかれてるみたい。早くやっかいばらいしようとしてるみたい。あたし、コートもってないって言った。かんごふたちは、向こうに行ったらだれかがなにかくれるって言う。おとなしく待ってれば、車が来て、ほかのかんじゃといっしょに、あたしをひろって、連れてってくれるって。たいいんして行くとこない人、いっぱいいるんだから、安心しなさい。あんただけとくべつなんじゃないって。

地下そうこは、れんがでできたろうやみたく、じめじめしてて、天じょうからはだか電きゅうがいくつかぶらさがってる。あたしのとなりのベッドにいる女の人、手でげんこ作って、なんどもなんども自分の口なぐってる。なんどもなんども。べつのわかい女の子、ヤクで手がはれて、きずのいっぱいある子が言う。「にもつのふくろ、ベッドのなかに入れときな」

あたし、アブドゥルにおっぱいあげてる。アブドゥル泣く。おむつ、ぬれてるんだ。ちっちゃなネズミかネコみたい。どうかしてやんなきゃいけないんだけど、むせってゲボするもんだから、おっかなくなる。この子、まだうまれて七日め。死んじゃうかもしんない。おっきな女の人、あたしよりおっきな四十ぐらいの女の人がやってきて、あたしのベッドから毛布ひったくっていった。目んなかの赤い火花と、かみの毛さかだったとこが、かあさんそっくり。どうすればいいっていうの？　あそこはびりびりやぶかれたみたいな感じだし、こしは痛いし、むねからはおっぱいがしみ出して、ブラがびっしょり、いやなにおいさせてるし、おまけに、あのいかれたでぶっちょに毛布もってかれた。

「この子の毛布、かえしてやんなよ」ヤクのきずいっぱいの女の子が言った。

「やかましい」と、いかれたでぶっちょ。「だれがかえすもんか」

あたし、ビニールのマットレスからシーツはぎとって、それをアブドゥルにまきつけ、じぶんの体もアブドゥルにまきつけ、そいでつめたいビニールの上にまるくなった。電気、けしてくれればいいのに、けしてくれない。そいでも、あたし、ねむった。目がさめたら、あたしのもの入れたふくろがなくて、くつひもがかたっぽほどけてる。そのせいで目がさめたのかも。だれかが、あたしのくつ、ぬがそうとしたんだ。かあさんのいえでねむってて、こんなひどいとこはないって、なん回も思ったけどね。あたし、起き上がって、くつのひもむすぶ。ここの女たち、くるってるよ。あたし、アブドゥルにおっぱいのませる。あたしの体が、この子の朝ごはん。あたしもなんか食べなくっちゃ。

ここは、びょういんの近くの地下そうこ。こんなとこに、いつまでもいられない。今、なん時？　ごぜん六時ね。そうだ、ミズ・ウエスト！　アパートのおんなし階に住んでて、ちびモンゴ生まれるとき、かあさんがあたしをけりころすの、とめてくれたおばさん。あの人、あたしをかわいがってくれた。ちっちゃいころから、あたし、よくおつかいに行ってた。

「プレシャス、ウィンストンをひとパックと、ぶた皮のフライの徳用をひとふくろ、買ってきてくれるかい」

「いいよ、ミズ・ウエスト」

「おつりはとっときな、プレシャス」

あるとき、ミズ・ウエストが言った。なんか話したいことあったら、いつでもおいで、って。

でも、いちども行かなかった。それに、今は電話番号もわかんない。どうせ、かあさんのいえ入ってって、あたしのにもつもち出してくるのは、むりだろうし。

「あさめしは?」ヤク中の女の子が言う。

「うん」と、あたし答える。女の子たち、女の人たち、たくさんドアのほうへ歩いてく。こおりついたみたく、ベッドにすわったままの人もいる。ヤク中の子が、歩いてる人たちゆびさして、ついていきなって言う。あたし、ついてった。

てつのポットからついだコーヒーに、ちっちゃなはこのコーンフレーク、それにバナナ一本。あたし、コーヒーはのまない。もうすぐ七時。学校行って、ロビーでミズ・レイン、待つことにした。先生、早めに来る日かもしんないし。待って、待って、八時四十五分まで待った。ミズ・レイン、ドアから入ってきて、テレサホテルのロビーのゆかに、あたしがアブドゥルだいてすわってんの見て、びっくりした。あたし、そのとき、自分のことわすれて、ミズ・レインかわいそうになった。ミズ・レインはABCの先生で、ソーシャルワーカーやなんかじゃない。でも、あたしが行くとこ、ほかにある?

ミズ・レインの顔見たら、あたし、もうホームレスじゃなくなるって思った。先生、ひとりごとみたく、なにが安全ネットよ、なにがきほんてきじんけんよ、ってつぶやいてる。赤ちゃんがいるのよ、生まれたばかりの赤ちゃんが！　もう頭に血ぃのぼってる。ロンダがつぎに入ってきた。きょうのじゅぎょうはお休みで、イーチ・ワン・ティーチ・ワンの全員が電話がかり！　みんなで、かあさんのいえ、市長のとこ、テレビ局、手あたりしだいかけまくれ！　日が暮れるまでに、きっと住むとこ見つけるからねって、ミズ・レインが言う。神さまが証人よ。神さまが証人！

そんなとき、クイーンズの話が、ぽこっと出てきた。クイーンズの中間しせつ《ハーフウエイ・ハウス》なら、すぐにでも入れるよ、ってみんなが言う。いやだよ！　クイーンズのこと、あたしがどれだけ知ってんの？　アラブ人やかんこく人やユダヤ人やジャマイカ人なんかが住んでんでしょ。あたしとアブドゥル、そんななかで暮らせれない。ここがいい。あたし、ハーレムから出たくない。ハーレムの中間しせつに電話したら、二週間たたないと入れないって言われた。ミズ・レインのボス、じゅわきをにぎった。この人、西インド人で、おこらせたらこわい。なんとか委員会にいるボーイフレンドにかける。その電話切ってから、あしたから来ていいそうよって言った。さあ、これで、あとはこんばんの宿だけ。みんなが、自分ちに泊まっていいよって言う。で、どこ泊まることになったと思う？　ミズ・レインの友だち、ラングストン・ヒューズのいえでかんり人かなんかやってて、そのいえって、すぐ近くにあるんだけど、ニューヨークのかんこう名所。あたし、あのラングストン・ヒューズが住んでたいえで、ひとばんすごしたんだよ。あたしとアブドゥル、〝ゆめの守りびと〟のいえで！　そのつぎの日、ここに来て、それからずっとここにいる。この〝前進のやど《アドヴァンスメント・ハウス》〟のいちばんいいとこは、ちゃんと赤んぼのめんどうみてくれる人がいて、週に三回、一日四時間、学校行けれるってこと。クイーンズだったら、ミズ・レインも学校もない。

ここの部屋、気もちいい。うちよりいい。うちって、かあさんのいえのこと。自分のベッドあって、アブドゥルのねどこある。かがみに、たんすに、つくえに、いす。本だなには、あたしの本とアブドゥルの本。あたしの本は、こういうの、

1『ルーシー・ファーンの生涯』モイラ・クローン　1と2（二冊に分かれてる）
2『パット・キングの家族』カレン・マクファオール
3『ハリエット・タブマン／〝地下鉄道〟の偉大な車掌』アン・ペトリー
4『おたずね者／ハリエット・タブマンの素顔』アン・マクガヴァン（ハリエットの本が二冊！）
5『マルコムX』アーノルド・アドッフ
6『わたしの分』J・キャリフォーニア・クーパー
7『カラー・パープル』アリス・ウォーカー
8『精選詩集』ラングストン・ヒューズ

アブドゥルのほうは、

1『黒いBC』ルシール・クリフトン
2『ハロルドとむらさきのクレヨン』クロケット・ジョンソン
3『本にとじこめられた小さなネズミのお話』モニク・フェリックス
4『春を信じなかった男の子』ルシール・クリフトン
5『やあ、ねこちゃん』エズラ・ジャック・キーツ

あたしたちのもちもの、ほとんどミズ・レインがくれた。あたし、仕事して、おきゅうりょうもらいたい。ほしいものをほしいときに買えれるように。

学校で、『カラー・パープル』よんでる。あたしには、すごいむずかしい。ミズ・レイン、やさしく説明しようとするけど、ほとんどのとこ、自分じゃ読めれない。でも、ほかのみんな、リータはべつだけど、だいたい読めれる。でも、ミズ・レインのおかげで、だんだんストーリーわかってきた。泣けた、泣けた、泣けたよ。だって、あたしとすごい似てて、ただ、あたしはセリーみたくレズじゃない。でも、そのこと

しゃべろうとして、〝五パーセント会〟やファラカン師なんかがレズのことなんて言ってるかしゃべろうとして、そしたら、ミズ・レイン、こう言った。あなたがレズビアン好きじゃないなら、わたしのことも好きじゃないのね、わたしはレズビアンだから、って。あたし、ぶったまげた。そいで、しゃべるのやめた。ファラカンの名前、出すんじゃなかった。けど、アラーやらなんやら、あたし、まだ信じてる。たぶん、なんでもかんでも、まだ信じてる。ミズ・レインは、同性愛の人間はあたしをレイプしないし、十六年間もべんきょうのじゃましないし、ハーレムでヤク売ったりもしないって言う。それは、ほんとだ。ミズ・レインだって、あたしの手にチョークもたせて、あたしをABCの女王にしてくれた。

あっ、話すのわすれてた！　毎年、市の代替教育プログラムのなかで、いちばんゆうしゅうだった生徒に、市長賞が与えられることになってる。で、今年、つまり一九八八年は、あたしが受賞したの。今住んでる〝前進のやど〟って中間しせつ《ハーフウェイ・ハウス》、大文字のS付きのおかし《シック》な人が何人かいて（大文字は、文のいちばんさいしょの字にもつかうし、はら立ったりなんかしたときに、〝大文字のF付きのくそったれ《ファック》〟みたく、気もちこめるためにもつかう）、半分《ハーフウェイ》しかすてきじゃない。でも、前も言ったように、このいえがほんとにいいのは、ハーレムにあって、だから、学校にすぐ行けれること。

そんなわけで、二月にはもう、すっかり〝前進のやど〟におちついた。だから、春はずっとべんきょうして、字の読みかたおぼえて、日誌書いて、本読んだ。『パット・キングの家族』で、白人の女の人、夫にぎゃくたいされて、すてられる話読んだ。『後ろは向かない』で、公民権の話読んだ。この国の黒人たち、こんなひどい思いしてきたの、知らなかった。でも、ファラカン師が言ってるように、ここは白んぼのらくえんだからね。まあ、とにかく、あたしの読み書き、うんとじょうずになって、賞をもらった。市長賞。一九八八年の九月にもらった。ミズ・レインは、もっと早くもらわせたかったみたい。アブドゥル生まれて、ホームレスさわぎあって、そいで学校もどってきたときに、あげたかったたって言ってる。だけど、なんとか局長さんが、ほかにもゆうしゅうな生徒いるから、プレシャスはもう少しようすを見ようって言ったんだって。

そんなこんなで、あたし、市長さんから賞もらって、イーチ・ワン・ティーチ・ワンからお金(七十五ドル)もらって、クラスのみんながパーティーひらいてくれた。いろんなこと、うまくいってて、なんか『カラー・パープル』みたい。アブドゥル、今九か月で、歩いてる! おりこう、おりこう。この子、おりこうなんだ。生まれてすぐのときから、あたし、本読んでやってる。『カラー・パープル』は大すき。この本、あたしにいっぱい力くれる。ミズ・レイン言ってたけど、黒人の男の人の団体が、この本を映画にするの、やめさせようとしたのね。黒んぼの男たちのイメージ悪くするからって。ミズ・レインがあたしに、どう思うかってきく。イメージ悪くする？ 言っちゃやなんだけど、これがあんたたちのイメージだよ。もちろん、ほんもののファラカン師《リアル・マン》はべつだけど。でも、あたし、ビデオでしかあの人見たことない！ 問題は麻薬《クラック》じゃなくて白んぼ《クラッカー》だって言ってる！ それは、あたし、さんせいだ。

ミズ・レインの話だと、『カラー・パープル』の結末がおとぎ話みたいだって、けちつける人たちいるらしい。あたし、あんなこと、ほんとにあると思うよ。人生はときどき、いいほうにも動くんだ。ミズ・レインは、『カラー・パープル』大すきだけど、リアリズムもだいじだって言う。リアリズム、ファシズム！ あたし、ときどき、なんとかイズムはやめてくれって、ミズ・レインに言いたい。でも、先生に向かって、そんなこと言えれない。〝リアリズム〟ってなんだか知らないけど、現実《リアリティ》なら知ってるし、それは、あたしに言わせれば、ろくでもないもんなんだ。

かあさんが、この中間しせつに来た（中間って、なんのことだろ？ 前にも話したよね。でも、ぎゃくたいされた女の人の話、本で読んで、ちょっとわかった。あたしも、ぎゃくたいされた女の人になるのかもしんないけど、あたしは女の人じゃなくて、女の子だ。それに、ぎゃくたいしたのは、あたしの夫じゃない。あたしに、夫なんていない。あれは、かあさんの夫だ）。でも、どうせ、本に出てくるしせつって、女の子のためじゃなくって、おとなの女の人（あたしも、ちょっとはそうかも）と赤んぼのためのもんだし。でも、あたしが読んだ本は、夫に痛めつけられた女の人の話だった。その人、中間しせつににげこむの。そいで、しせつの人に、中間しせつってどんな意味かってきく。答えは、あなたは今、ずっとかかえてきた人生とこれからかかえたい人生の中間にいる。いかしてると思わない？　チャンスがあったら、この本、読んでみるといいよ。

で、あたし、中間しせつにいる。ここへ来て、えっと、まだ一年にはならないか。あたしが読んだ本みたく、あたしは今、門口にいて、あたらしい人生に足をふみ出すとこなんだ。アパート借りて、あたしと、アブドゥルと、できたらちびモンゴも、いっしょに住んで、教育もっと受けて、あたらしい友だちつくる。とうさんや、かあさんや、ミセス・リーチェンスタインや、第一四六中学は、おさらばした。だから、あのでぶっちょ、なにしに来たんだろって思う。お金は、あげれないよ。あたし、〝前進のやど〟に来たさいしょのころ、ちびモンゴのこと、ききに行った。あの子、しせつに入れられた。ちえおくれがきょくどに（たくさんってこと）ひどくて、それに、おばあちゃんのトゥージーが、いろんな色見せたりとか、本読んだりとか、あの子のためになること、なにもしてないから、すごいたいへんになったみたい。あの子がもしよくなるとしても、たくさんのことしなきゃなんなくて、あたしの力じゃとてもむりだろうし、それに、アブドゥルで手いっぱいでしょうって言われた。

とにかく、〝前進のやど〟住みこみのソーシャルワーカーが、じむしょにあたし呼んで、プレシャス、おかあさんが会いに来てるよって言った。で、会いたいかってきく。あたし、いいよって言った（会いたいわけじゃなくて、わざわざ来たんなら会うよってこと。かあさんだって、もう、あたしをおこらせるようなことしないだろうし）。あたし、だんわ室に入ってった。かあさん、だまってる。ぐあい悪そうで、近くまで行かなくても、ひどいにおいさせてんのがわかる。でも、そのとき、あたし、かあさん見て、そいから自分の顔見て、自分の体見て、自分のはだの色見た。ふたりとも、まんこでかくて黒い。あたし、ブス？　かあさんは、ブス？　どうだろ。かあさん、まんこのにおいさせて、ひとにわらわれそうなどた靴はいて、でっかでかのみどりのワンピースから、黒いゼリーみたいなゾウの足つき出してる。これがあたしのかあさんだなんて、はずかしいよ。あたしのヘアスタイルがどんなにいかしてたって、顔も体もぴかぴかにみがいたって、どんなにいっぱい宝石つけたって、これがあたしのかあさんなんだ。

かあさん、こっちを見ようとしない。ずっとそうだった。顔見るのは、あたしにどなるときと、食べるもん作れだの、店に行ってこいだの、あたしになんかさせたいときだけ。今、下向いたまま、言う。「とーさん、死んだ」そんなこと言うために、いえから出てきたの？　だから、どうした？　あの黒んぼ死んで、あたし、うれしいだけだよ。いや、うれしくはないけど、だからどうしたの？　かあさん、だまってる。しばらくして、「カール、エイズのウイルスもってた」

あら、そう。なんで、あたしに言うわけ？　ええっ、ちょっと、ちょっとまってよ！　そんな！　まさか！　あたし、血ぃこおりそうになる。カールはあたしをファックした。あたし、うつってるかもしんない。アブドゥルも——ああ、いやだ、そんなこと、口に出せれない。

長いあいだ、あたし、なんにも言わずに、ただかあさん見てた。この女から、あたし出てきたの？　アブドゥルとちびモンゴ、あたしから出てきたみたく。この女がやさしいこと言ったの、思い出せれない。十六年間、この女のいえにいて、あたし、読み書き知らなかった。ちっちゃいときから、この女の亭主、あたしをファックした、ぶんなぐった。あたしのとうさん。あいつ憎みたい——でも、へんな話だけど、あいつ、いいものくれた。ミズ・レインとＡＢＣとクラスのみんなのぞけば、あたしの人生でたったひとつのいいもの。アブドゥルは、あいつの子。あたしの息子で、あたしの弟。でも、かあさんは、あたしをあいつにくれた。これが、あたしのかあさん。カール、夜に来て、食べもん食べて、お金とって、あたしたちふたりとファックした。あたしの頭に、ある考えうかぶ。『カラー・パープル』で、セリーをレイプしたの、ほんとのとうさんじゃなかった。

「かあさん？」

かあさんが、ぼんやりあたしのほうを見る。

「あのカール、あたしのほんとのとうさん？」

「どーゆういみ？」

「カールは、あたしのほんとのとうさんだったの？　かあさんたち、ちゃんと結婚してたの？」

「おまえのとーさんだよ。ほかに、おまえのとーさんいるわけない。あたし、16のときから、カールといっしょだよ。ほかにだれも、いっしょじゃない。でも、けっこんは、してないよ。カール、おくさんいる。ほんとのおくさん。うすちゃいろのはだのきれえな女で、こどももふたりいる」

ふうーん。うすちゃいろの連中には、またべつのエイズウイルスがあんのかな。あ、かあさん！　今思いついたけど、なんでこんなあたりまえのこと、今ごろ思いつくんだか。かあさんはだいじょぶなの？

「かあさん、ウイルスもらってないの？」

「もらってないよ」

「どうやって、それがわかるの？」

「あたしら、いちどもしてないんだから、ほら——」

あたし、目ぇまるくして、かあさん見る。頭、いかれたの？　なにしゃべってんだろ、この女？

「ほら」と、かあさんくり返す。「あの、するとうつっちまうやつ」

「いちどもファックしてない？」あたし、信じれない声で言う。

「あー、ファックはしてるさ。でも、おかまみたく、けつの穴つかうわけじゃ——」

だんだん声が小さくなってきた、このばか女。あたし、ただじっと見てる。ころしてやりたいよ。学校の〝エイズを知る日〟でならったこと、思い出した。かあさんのほう見て、言う。「検査、受けたほうがいいよ」

言えるの、それだけ。かあさん、なんか言いたそうに、こっち見てる。

「いえにかえってきて、いいんだよ」

「あたしのいえ、ここだよ」あたし言った。しんとする。「そろそろアブドゥル見に行って、宿題やんなきゃ」かあさん、動かない。しょうがないから、あたし立ちあがって、部屋を出る。

歌が、頭んなかできこえてる。ラップじゃなくて。脳みそかゆくしてひっかき回すテレビのざあざあ画面は、きょうは出てこない。名前のわかんない色が見える。もしかしたら、人間じゃないべつの動物にしか見えない色かもしれない。たとえば、ちょうちょ? あした、ミズ・レインに、ちょうちょは色が見えるかきいてみよう。ビニールぶくろが木の枝にさわるみたく、歌がきこえる。あたし、ベッドにすわった。かべに、あたらしい写真はってある。ハリエット・タブマンとファラカンの写真のそばに、アリス・ウォーカー。でも、アリスは、今のあたしを助けれない。あたしの『カラー・パープル』は、どこ? あたしのアラーの神は、どこ? あたしの王さまは、どこ? あたしを愛してくれる黒い人は、どこ? あたしを愛してくれる男の人は? 女の人は? どこにもいないの? なんで、あたしなの? あたし、なんにもしてないよ。ヤク中でもないんだし。なんで、かあさんがあたしのかあさんなの? なんで、あたし、うすちゃ色の肌に生まれなかったの? なんで? なんで? 映画が、YMCAのプールみたく、頭んなかでぱしゃぱしゃはねてる。アブドゥルがあたしから逃げてく。がけに向かって走るちっちゃな動物みたく。あたしも走って、走って、まわりじゅうで、あくまの目ぇしたピエロがあたしをわらって、あたし速く走れなくて、音楽がもっと大きくなって、もうあたし、がけをふみこして、もどれないんじゃないだろか。アブドゥルが見えない。はふうっ! はふうっ! 息ができない! 歌の声がおっきく、ほんとにおっきくなる。あたし、走るのやめる。まわりじゅう、みどりの草。歌に耳をすます。アリーサだ。この人かミズ・レインかティナ・ターナーがおかあさんだったら、どんなにいいかっていつも思う。じまんできて、あたしを愛してくれるおかあさん。あたし、息をすって、ベッドにねっころがる。さいごにかあさんにどなられたあと、いろいろあって、ようやく見つけた自分のベッド。アリーサが歌ってる。〝あたしの人生の天使、さがさなくっちゃ、さがさなくっちゃ〟

心、痛い。どうしたらいいか、わからない。もしアブドゥル（名前の意味は〝神のしもべ〟）いなかったら、あたし……あたし……ああ、神さま――ぜんのうのアラー、アブドゥル！ かあさん、カール、あたし、アブドゥルアブドゥルアブドゥル、あたしの天使、あたしのちっちゃな天使。アブドゥルも、ウイルスもってるの？

どうしたらいいか、わからない。あした、ミズ・レインにきこう。

部屋のかべ、ハリエットとアリス・ウォーカーとファラカンの写真のしたに、あたしの市長賞はってある。これは、あたしにもなにかできるっていう証こ。アブドゥル、もうＡＢＣ知ってる。それと、数も知ってる。あんまりしゃべんないけど、数言えれる。あたしがおしえたんだ。いつか、ちびモンゴもとりかえす。もしかして、思ったより早く、そんな日来るかもしれない。時間。あたし、時計の針見て、時間言えれるようになりたい。だれもおしえてくれなかった。針の見かた知らないって、ミズ・レインに言ってない。あたしには、なんでもかんでも、デジタルの腕時計の数字みたく見える。韓国せいの腕時計。韓国人と日本人、どうちがうの？ ウィッチャー先生、あたしに数学の才能があるって言った。中間しせつ出たら、あたし、どこ行くんだろ？　あたし、エイズウイルスもってる？　ＨＩＶ？　どうちがうの？　あたしの息子は、もってる？　ちびモンゴは？　ウイルスもってたら、どうやってべんきょうして、どうやって頭よくなれるんだろ？　なんで、あたしなの？　なんで、あたし？ウイルス、うつってないってこと、ある？　カールがもってたからって、あたしとアブドゥルもってると決めれるんだろか。

上の保育室行って、アブドゥルつれてこなくちゃ。考えるの、あとにしよう。考えると、頭のねじ、はずれそうになる。あたしの頭のねじ。

学校で、月曜、なんにもしゃべらなかったら、ミズ・レイン、どうしたのってきいた。あたし、だいじょぶ、あとで話すって言った。今じゃだめなの、って、ミズ・レイン。あたし、日誌のノートに書いた。

一九八九・一月九
一ねん学こうかよて　学こうすき　先せえ大すき
（一年学校に通って、学校好き、先生大好き）
たくさんならた。本よんて　ことも世ワして　コンピターへんきよしてる

（たくさん習った。本を読んで、子どもを世話して、コンピュータの勉強してる）
ミス・レイン　あたしコンピターへんきよして　いい仕ことにきたい
（ミズ・レイン、あたしはコンピュータを勉強して、いい仕事につきたい）
あたしとちひモンコアフトルのアパトみつけたい
（あたしとちびモンゴとアブドゥルのアパートを見つけたい）
ミス・レイン　きたいの　として　あたしなの？
（ミズ・レイン、ききたいの。どうして、あたしなの？）

プレシャス

プレシャス様
とても感激！　あなたがクラスにいてくれて、どんなにうれしいか、あなたのこと、どんなに大好きか、言葉にできないくらいよ、ほんと。それに、あなたはわたしの誇りです。学校のみんなの誇りです。
GEDを取ったら、仕事はきっと見つかるわ。そして、あなたのソーシャルワーカーが、あなたとちびモンゴとアブドゥルの住む家を、いっしょにさがしてくれることでしょう。
最後の〝どうして、あたしなの？〟という質問の意味がよくわかりません。説明してもらえないかしら。

八九・一・九　ミズ・レイン

ブルーへ
　ファストネムでよんでいい　先せえなんかいいた　あたし一かいモよんだことなかた
（ファーストネームで呼んでもいいと、先生はなん回も言った。あたしは一回も呼んだことがなかった）
ブル・レン
あおいあめ《ブルー・レイン》
あめは
はいろ
（灰色）
けど　ずといて
（ずっといて）
あたしのあめ《レイン》
しぃひとつ

（詩）
これが　あたし　いま　いいたいこと
八九・一・一一
プレシャス・ジョーンズ（しじん）

八九・一・一三
きよ　ソシルワアカはなしたら　けんさうけよーにわれた
（きょう、ソーシャルワーカーに話したら、検査を受けるように言われた）
アブドル（かみのしモペ）はみる
（アブドゥル（神のしもべ）は見る）

みるのは　あたし《アイ》
めぇ《アイ》が
（目）
あたしお　みる
（を）
いきる
それとも

しむ
（死ぬ）
よーせ
（陽性）
それとも
いんせ
（陰性）
として？　として？
（どうして？　どうして？）
あたし　じふに
（自分に）
うそつく
ひつよあるの？
（必要があるの？）
あたし
しんつぉ
（真実を）

しる
ひつよある
（必要がある）

プレシャス・P・ジョーンズ

八九・一・一三
プレシャス・詩人《ポイット》・ジョーンズ様！
すごいじゃない！　あなたの詩も、絵も、大好きよ。あなたとアブドゥルの目には、何が見えるのかしら？
クラスで今まで読んだ詩は、気に入ってくれた？

愛をこめて　ミズ・ブルー・レイン

ミズ・レイン
あたしとアブドゥ　ひみもてる
（あたしとアブドゥルは、秘密をもってる）
いつかうちヤけとヤそくする
（いつか打ち明けると約束する）

いえ　いま　うちヤける
ーV　HーV　HーV　たれもHーV　もてるかのせえある
　(だれでも、HIVをもってる可能性がある)
あたし　ぼおヤ　アラノかみ
(あたしの坊や、アラーの神)
アリス・ウオカいのる　あーV　VI　YWXYZ
(アリス・ウォーカーは祈る)
あたし　ああ　V　I　I　H　IH　I　HーV
HーV

プレシャス・P・ジョーンズ

プレシャスへ
　つまり、あなたとアブドゥルが、HIVの検査を受けなくちゃいけないということ?　ねえ、さしつかえのないことだけでも、聞かせてちょうだい。

ミズ・レイン

ブルーさん

たれかおせてくるの　たれたすけれくるの　なにとえはいぃか　ワかない
（だれが教えてくれるの、だれが助けてくれるの、なんと言えばいいか、わからない）
せつめえするかのむつかして　いまてぜえぶはなしたこない
（説明するのがむずかしくて、今まで全部を話したことがない）
そ　あたし　AIDけんさ　うけきヤんない　いまワこワてたんまない
（そう、あたし、AIDSの検査を受けなきゃならない。今はこわくてたまらない）
くうつ《ペエン》
（苦痛《ペイン》）

プレシャス・ペエン
（ペイン）
八九・二・一

あたし、今、ABCよりたくさんのこと、べんきょうしなきゃなんない。読み書きよりもっとおっきな、おっきなこと。これは、プレシャス・P・ジョーンズの人生に起こったいちばんおっきな事件だ。あたし、エイズのウイルス、もってる。けんさでわかった。クラスで、みんな輪になって、そんとき話した。朝の食堂でコーンフレーク食べるみたく。なん日も、ぼおっとまどの外見て、日誌に暗号みたいなこと書いてきたけど、口に出してみたらかんたんだった。

「しんりょうじょのかんごふさんに、『あなた、ＨＩＶ陽性よ』って言われたの」と、あたし言った。輪になってすわってて、あたらしい顔もいれば、一日めからずっとおんなし顔もいる。リータ・ロミオ、のこってる。ジャーメインもまだいて、コンスエーロ、やめた。ロンダ、やっぱりクラスをしきってる。あたらしい子がなん人か――あたしがはじめて入ったときに似てる。今はあたしのほうが、「がんばんなさい！」って、あたらしい子たちに言う立場。あたし、日誌のしくみをその子たちにおしえる。自分の思ってること、これに書いたら、先生がそれ直して、返してくれるから、紙の上でおしゃべりしてるみたく、自分のおしゃべりが目で見えるんだよ。だって、あたしが書くこと好きんなったのは、あたしのおしゃべりに先生がペンで答えてくれるからだもん。あたし、音声ゲームのことも、単語表のことも、知ってることみんな、説明してやる。クラスで今取り組んでるのは、〝人生の話〟。ひとりひとりの人生の話を書いて、それを一さつのおっきな本にまとめるの。長くいる生徒のなかで、あたしだけ、まだ話を書いてない。ほかの子たちが書いた話、いつか時間があったら読んだげるよ。すごいのもあって、くだらないのもある。ロンダの話とリータ・ロミオの話きいたとき、あたしよりひどい目にあった人いるってわかった。リータのとうさん、リータの目の前でかあさんころした。リータ、十二のときから、体を売ってるって。クラス入ったとき、読み書きぜんぜんできないの、リータとあたしだけだった。そいから、ロンダ、ちっちゃなときから弟にレイプされて、それ見つけたかあさんが、弟じゃなくロンダ追い出した。おとぎの国のコンスエーロは、かみ長くて、美人。でも、いなくなってうれしい。あの子、自分がきれえなの見せびらかして、あたしに、運動しなさいだとか、お日さま当たらないようにしないともっと黒くなるだとか言う。いい男見つけたって言ってた。あたし、うれしい。あたし、だれもにくんでない。かあさんもカールもにくんでないんだから、どっかのスペイン語しゃべるめす犬なんかに、カッカするわきゃないよ。めす犬コンスエーロは、自分の肌が白じゃなくて、黒んぼみたく黒いんでカッカしてるんだ。黒んぼのロンダより、もっと黒いんだから！　コンスエーロやめたけど、ジャーメイン、あと追っかけなかった。ジャーメイン、クラスにのこった。文集にちゃんと書いてる。セックスの好みが人とちがうってこと。だけど、それで人間のねうちを決めないでほしいってこと。つらかった話も書いてる。レズだからって、男たちに痛めつけられた。そして、かあさんにいえ追い出された。

この子たち、あたしの友だち。クラスに入ったさいしょの日、あたし、まだ十六で、なんか赤んぼみたいなもんだった。アブドゥル生んだとき、みんなびょういん来てくれて、あたしがいえとび出すと、お金集めて、中間しせつにもってきてくれた。服、カセット・プレイヤー、ツナ缶、キャンベル・スープ、ほかにもたくさん。クラスのみんなとミズ・レイン、あたしの友だちで、あたしの家族。

でも、ミズ・レインもレズだ。そんなふうには見えないから、あたし、今でもショックで、いし、べんきょうのじゃまもしないって。近ごろ、〝五パーセント会〟、ブラック・モスリムなどなどのこと（などなどというのは、はい、はい、って意味）、すっかりわすれてる。あたし、セリーみたくレズになれないけど、それがうれしいかっていうと、うれしくない。かなしい。愛せれる相手なんて、一生見つかんないかもしんない。言えるのは、女の子を見るとき、あたしはその子を見るし、女の子があたしを見るとき、あたしの見てくれじゃなく、あたしを見るってこと。でも、男の子は、見てくれしか見ない気がする。あたしのまんこから、男の子出てきた。さいしょ、なんもなかった。空にちっちゃな雨雲うかんで、それがあたしんなかで、命にかわった。この子、おっきくなったとき、黒人のでぶの女の子をわらうんだろか？　自分の黒い肌、わらうんだろか？　ファラカンとアリス・ウォーカー、あたしが黒を好きになるの、助けてくれた。これで、でぶじゃなかったらいいんだけど、でぶはしかたない。いつか、それも好きになるかもしんないしね。

でも、あたし、輪になった友だち見て、あたしはＨＩＶ陽性だよって言った。そしたら、みんなのべろこおりついて、なんも言えれなくなった。リータ・ロミオ、自分の子ども抱くみたく、あたし抱いて、あたし泣きだして、ミズ・レイン、あたしのせなかなでて、泣きなさい、プレシャス、がまんしなくていいのよって言う。あたし、今までの人生のぶん、ぜえんぶ泣いた。あたしにあんなことするかあさんの気もち、かなしくて、かあさんのぶんも泣いた。あたしの息子のぶんも泣いた。アブドゥル、あたしの人生に歌くれた。ちっちゃな茶色のおちんちん、ぷっくりした太もも、まあるい目、ママ、ママってあたし呼ぶかわいい声。

　そのうち、泣くのとまった。リータ、バッグから《前向きの肉体《ボディ・ポジティブ》》って雑誌もってきて、ＨＩＶコミュニティに入んなさいよって言う。げえ！　そういう人たちの集まりがあんの？　あ、あたしもそのひとりか。でも、あたし、今はいいって、リータに言う。今は、とにかく考えなきゃ。人生って、あたしをたたきのめすハンマーなの？　ジャーメイン立ちあがって、ボクシング・ダンスしながら（マイク・タイソンのつもりみたい！）、やりかえせって言ってる！　あたし、わらった、ちょっとだけ。

　ミズ・レイン、もう日誌書く時間だって言う。みんなの、ひとりひとりの人生がたいせつなんだって。オーダー・ロードの本、しょうかいしてくれた。アリス・ウォーカーみたいな女の作家。あたしたちみんな、自分の物語もってるって。黒い一角じゅうって、なんだろ？　この詩、よくわかんないけど、なんとなく好き。

　きょうは、書くこと、なんもない。ずうっとないかもしれない。心んなかのハンマー、今、あたしをたたいて、あたしの血、ばかでっかい川みたくあふれかえって、あたし、おぼれてしまう。頭んなか、まっくら。目の前のばかでっかい川、とてもわたれそうもない。ミズ・レイン言う。書いてないじゃないの、プレシャス。あたし、川におぼれそうだって言う。ミズ・レイン、へんな目つきであたし見たりしないけど、なんにもせずにすわってたら、その川おそってきて、のみこまれるわよって言う。書いたら、ことばがボートになって、向こう岸に行けるかもしんないって。あなた、今まで全部を話したことがないって、日誌に書いてたわね、プレシャス。自分の物語を書くことで、その川をわたれるんじゃないかしら。

あたし、それでも動かない。「書きなさい」って、ミズ・レイン言って、「つかれたよ。ほっといて！」って、あたし答える。「あたしの気もち、なんもわからないくせに！」ってどなる。あたし、ミズ・レインにどなった。こんなこと、はじめて。クラスのみんな、ぽかんと口あけてる。あたし、はずかしくて、なさけない。ほんとにばかなことしたって気もちで、いすにすわる。ミズ・レイン、「ノートをひらきなさい。プレシャス」「つかれたよ」って、あたし言う。ミズ・レイン、「それはわかるけど、ここで立ち止まるわけにはいかないのよ、プレシャス。ふんばりなさい《プッシュ》」って言う。そいで、あたし、ふんばった。

Ⅳ

八九・二・二七

ミズ・レイン、もっとていう。もっといぱい。いぱいかきなさい。十五分~~いじょ~~以上かいて、かえしてもらた。もちあるきなさいていう。日しのこと？　あたしきいた。そう、日し、もちあるきなさいていう。どこ行くときも、日し、~~いしょ~~いっしょ。だから、アブドゥルさんぽつれてくとき、日しもてあるて、日しかく。いぱい、ならた。to too two ―― “2《トウー》” とよむことば、三つ。みんな、いみ~~ちかあ~~ちがう。four for fore ―― “4《フォア》” のことばも、三つ。

おはなし。

ミズ・レイン、おはなしにしゅうちゅうしなさいていう。スペルわかないとき、さいしよの字かいて、あとせんひくように。したら、ただしいスペル、かいてくれる。こやて、しゅうちゅう、おぼえた。
でも、あたしのスペリング、じよずになてる。とても、とても、こうじょうしてる。
ミズ・レイン、あたしおちこんでるみたいていう
おちこみは、じぶんに向けられたいかりだて。
ジャーメイン、そうとはかぎらないていう
(ミズ・レインのいうこと、ジャーメイン、なんでもはんたいする)

かく　かきて　かいて
もっとて、先せえいう
もっと、はなしなさい
〈ぜんしんのやど〉のひとに、ほいくじかんのえんちょうたのみなさいていう。そしたら、いろんな会とか、えいが、行けれるから。
あたし、いちどもえいが、行たことない。かあさんのVCRでビデオみただけ。きよかいきょうかいも、行たことない。ロンダ、いつも行てる。あたしとミズ・レイン、つれていきたいて。ロンダ、じぶんすくわれたから、みんなつれていきたい

て。

一かげつ、こんなかんじ。ぼおとしてる。

ミズ・レイン、それみて、

まえのプレシャスとちがうていう。

ほんと。あたし、まえと

べつじん

だれだて、そなるよね?

そなると

おもう

よ

ミズ・レイン

記おくたどりなさいていう

たどて

たどて

おもいだせれるとこまで

なんのため？　あたしいう
なにおもいだすの、ちともわすれてないのに
かあさん、とうさん、がつこう
なんで、いさいがさい（このことば、すき）
ふりかえなきやないの
いさいがさいの

ごたくそ

でも、ミズ・レイン
あたしのこと、きつて　きつかて　きづかってくれる。
かまてもらえるの、うれしいけど、先せえにしんぱいかけたくない。〈ぜんしんのやど〉にメモくれて、三十分はやくがつこう来て、かきなさいて。そから、きんしんそうかんの会、ロンダときよかい行く。あたし、あたま来てるのかな。

おこてる　おこつてる
とても
あたしのじんせい
うまくいてない

びよきのせえ。ミズ・レイン
びよきちがうていう
だつたら、なんだろ。

あたし
おこてる気もち
ミズ・レインにはなす
ごらなさい、気もちかくと、スペリングへんかするでしよて、ミズ・レインいて、
あなたじょうちょしょうがいでわないのだから、思てることしやべりなさいていう

HIVのまえ、あたしげんきだた
いまもげんきだて、先せえいう
もんだいはHIVだけじやなく、かあさんとうさんもだて
でも、あたし、おやすてたよ
ハリエットみたく、にげてきた
ミズ・レン、かこからわにげれないていう
じゆうの道はけわしい
ハリエットごらんなさい　H-A-R-R-I-E-T

かの女のなまえ、れんしゆする
リータ、いつもいろんなものに
かんしやの気もちささげなよていう
ジャーメイン（クラスの作文めいじん）、セミコロンだよていう
ちがた、コロンだ
いろなもの、ならべるとき、そのまえにつける
…
じや、あたし、かんしやささげます…
ミズ・レイン
がつこう
クラスのみんな
アブドゥル
火よび、リータがビレジつれててくれる
土よび、みんなではくぶつかん
日よび、きよかい
月よび、ハリエツト・Tの本よむ

気もちくなてきて  本かくの、うれしい

プレシャス

八九・三・六

れんあいするて、どんなかんじだろ。いつもいーつーもおもう。セクス、セックス、たくさん知てる。セックスいぱい、いぱい知てるけど、ともだちつくるて、どんなだろ。あ、これ、おとこのともだちのこと。おんなのともだち、いるよ。ミズ・レインに、日し、ぜんぶみせれなくなるかな。おないどしのかこいいおとこの子とセクスしたら、それかいたら、先せえに知れたくないで、あたし。リータ、かれしいる。ロンダ、かみさまいる。ミズ・レイン、ともだちいる。ジャーメイン、せかいじゅうみんなこいびとだつて。

八九・三・八

あたしの大すきなこと、アブドゥルほいくしつにつれていてちよしょくたべさせて

そいから
ちよしょくたべないで、じかんつくて
あさのハーレム
がこうまでのみち、あるくと
たくさんのひと
しごと行く
かお、かお、かお
てつのちゃいろ
くろいガラス
なみだ
きらきらしてない

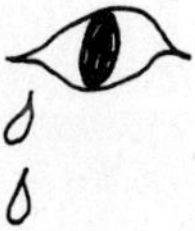

ハーレムは
ラングストン・ヒユズのもの
ハーレムのけいかん詩人!
この
ハーレムくらい
すてきなもの

ない
でもね
あさ
もしも
あたし
すきなら
みえるよ
イラナサの木
コンクリトをレイプして
生まれる
とげとげみどりの
木のみきの
いのち。
ほら
おとこの人たち
あきちで
火たいて

インデヤンみたく
みんなで
もの
わけあって。
バス
とおる
おんなの人ばかり
ダウンタウン
空ひろい
おひさまの
あおい
あし。

一一六ちよめどおりにぶつかると、ときどきマデソンがいあるいて、こうえんのなかぶらつく。こうえん、いつもきたないけど、いつもみどり。トイレは、ちかずかない。トイレ、ホモの人たち、はだかでフアクしてる。どんな気もちなんだろ？木いぱい。こうえんのあと、一二四ちよめのとしよかん行く。としよカードもてる。

としよかんのとなり、しゆどういん。シスタたち、そこでかみさまにつかえて、フアクしない。ちかしつに行くと、あかんぼのほねあるよて、ロンダいう。リータ、それうそだていう。リータはカトリツク。あたし、かみさまていう。かみさまを、みせてよ。一二四ちよめのあきち、ずとあるいてく。

あし、とめる。ぐるりとまわれ右。

うげえええええ、いぬのうんこ、いぬのうんこ

ぼろぼろくずれたれんが
こうてつのへい
くずのいのち
目をびよきにする
なんばいも
きたなくなる
ぎとぎとのうんこ
ごみのかん、くさてる
まるめたおむつ、ばつちい
ヤクちゆたち
いぱいいる

あふれてる
きたない
きらい
大きらい
きたないよ

あきちにせなかむけて、クレータつけたれんちゆとおさらばする。クレータて、お月さまにあるぽちぽちのこと。うちゆえいがのお月さん、あなぽこいぱいみえる、あれがクレータ。ヤクちゆ、うでにクレータいぱいある。一二六ちよめのヤクちゆたちとちがう。一二四ちよめのれんちゆ、ヘロインうてる。目がうちゆせんみたく、とおいとこにある。なんもみてなくて、とおる人のおかねのにおい、かいでるだけ。れんちゆ、おかねのいぬだ。おかねのにおいしたら、それとろうとする。たぶんね。いつもそんな話きいてる。あたし、ヤクちゆになんもされたことない。みんな、ヤクちゆきらう。みんな、あたし、ふつうの人たち。ヤクちゆの気もち、かんがえると、あたまこんぐらかる。ヤクのこと、ちともわかんない。みてたら、たのしそじやない。かなしそだ。は、ぬけてる。はのないはぐきで、へんなしやべりかた、まぬけなあるきかたする。なんで？　一二四ちよめずとあるいて、七ばんがいまで行くとちゆ、あきちいくつもある。ときどき、黒んぼ、うでにはりさして、かぜにうんうんうなずいてる。ちがぽたぽたおちる。ときどき、ちんぽこだしたへんたい、かいちゆでんとうみたく目ひからせて、せいえきぶつかけようとする。このへん、むしがうじやうじやいる。にんげんのむし。きらいだ。きたないよ。

でも、あたまこんぐらかる。

一二四と一二五ちよめのあいだ、レノックスがいのバーのむかいに、ハーレムただ一けんのコピーやさんある。こくじんのおんなの人とむすめ、けいえいしてる。がこうのコピーき、こしよしたとき、ここにコピーしに来る。みせに、ほん、カード、ブラシ、いろいろあるけど、あたし、とてもかうおかねない。ぬすみたくてたまんない。でも、プレシャス・ジョーンズ、ぜたいに、どろぼう（もう）しないし、ヤクもうたない。

テレビでてくる黒んぼ、どろぼうしてヤクうてどろぼうしてヤクうて、ハーレムは、はんざいだらけ。バーのうえに、ダイアン・マツキンタイアのがこうある。ちちやいころ、あたし、ダンスのがこういきたかた。いまわ、おそすぎる。あたし、十八。それに、アブドゥル、おとこの子。おとこの子わ、ダンスならいに行くの、おかまだけ。あたし、アブドゥルに、おかまなてほしくない。ヤクちゆなてほしくない。

でも、あたまこんぐらかるの、そのこと。ヤクちゆ、すごいきたない。はがなくて、水んなかあるくみたくあるいて、どろぼうする。エイズも、かんえんもひろめた。

でも、リータ、あのれんちゆのなかまだつた。リータ、いい子。あたし、すきだ。

ときどき、学校に早くつくと、黒いビニールはったカウチの前のほうに、ちょこんとすわる。カウチのやぶれたとこ、テープはってなくて、きいろいスポンヂのぞいてる。学校は九時にはじまる。じむの人、午前八時に来る。それより前は、ドアにかぎかかって、入れないから、下のロビーで待たなきゃなんない。それは好きじゃない。あたしたちの教室は、いかしてる。ある日、みんなで〝ぼろ〟を着て、自分ちから、そうじ道具やポスターや写真や鉢植え持ってきて、ぱあっときれいにしたんで、もっといかした教室になった。ミズ・レイン、なにか自分のものを、みんな持ってきなさいって！ あたし、アブドゥルの写真と、百二十五丁目通りの〈ウールワース〉で買った鉢植え持ってきた。鉢植え、育った。葉っぱが大きくなった。ミズ・レイン、三回も鉢を取りかえた。

ミズ・レイン来るのが八時十五分ごろで、たいてい、リータかロンダの前かあと。ふたりとも早起きなの。ミズ・レイン、バッグからかぎ出して、来てる生徒のだれかに教室をあけさせて、そのあいだ、自分の仕事やる。コーヒーいれたり、備品室から本取ってきたりとか、そんなこと。八時半ごろには、早起き鳥たち、飛ぶ準備できてる！　教室、しずかで、お日さまぽかぽか。あたしたち、ただノートひろげてると、ミズ・レイン、たいてい、〝からすのむれ〟が来るまであと十分か十五分あるわね、とかいう話をする。う〜ん、なんでからすのむれなんだか、よくわかんない。九時五分ごろやってくるジャーメインや何人かの生徒のこと、からかってるんだけどね。いつもちょっと遅刻して、いつもなんだか文句言ってる。天気がどうとか、電車がどうとか、新聞になにが書いてあったとか。

あたし、前のまどからお日さまさしこむの、じっと見てる。すぐに、お日さま動いて、今度は横のまどからさしこむ。あたし、学校の日課、学校での空想、好き。第一四六中学に通ってたあの何年か、ちゃんと勉強してたら、今ごろどこにいるだろう？　お気に入りの本？　それはたぶん、あたしたちの本だな。あたしたちみんなの話が入った大きな本。あたしの話は、まだなんだ。今、日誌にいろいろ書きためてるとこ。

時計を読むのは、かんたん。分数も、百分率も、掛け算、割り算も、かーんたん。なんで、今までだれも教えてくれなかったんだろ。リータ、ＨＩＶやエイズの人はみんな、罪のない被害者だって言う。それは〝善〟とか〝悪〟とかじゃなくて、病気なんだって。どういう意味か、わかる？　わかる人はいいね。あたしには、ちっとも。

なんで、あたしがおかまの白人やヤク中といっしょにされなきゃいけないわけ？　リータ、あたしのおでこにキスして、あたしのほっぺた両手ではさんで、あたしの目のぞきこんで、「黒いお嬢ちゃん」って、赤んぼみたく大きい、黒い黒い目をして言う。

「わかんなくても、今にわかるよ。今にさ」

どうやってわかるんだろ。あたし、リータがなんの話をしてるのかも、わかんない。人生の話よ、ってミズ・レインが言う。ああ、あたし、人生ってどういうもんだかも、わかってないんだ。わかってるのは、あたしが十八で、それは魔法の数字だってこと。そして、あたしのリーディングの点数は、二・八。これはどういう意味かって、ミズ・レインにきいた。ミズ・レイン、これは数字よって！　そして、あたしがたった二年でどれだけのびたかは、どんな数字でもはかれないって。数字のことはわすれて、努力をつづけなさい。作者にはメッセージがあって、読者の仕事は、そのメッセージをできるだけこまかく読みほどくこと。腕のいい読者は探偵みたいなもので、本文のなかからいろんな手がかり見つけ出す。腕のいい読者って、あなたみたいな人よ、プレシャス。情熱のある人！　読んでいる本に情熱をそそぎこむの。数字のことや、空白を埋めることなんかわすれて、ただ読んで、書きなさい！

あたし、変わってきてる。今じゃ関心なくなってしまったのは、

男の子に好かれるかどうか
ヘアピース
新しい服

今関心があるのは、

健康でいること
セックス（？）
ノート、詩を書くこと

ミズ・レイン、かならず韻を踏まなくてもいいのよって言う。ことばを雨や雪のつぶみたいに、自由にふらせればいいの。雪の結晶には、ふたつとして同じものがないってこと、知ってた？　雪の結晶、見たことある？　ないよ！　あたしが見たのは、灰色によごれた雪のかたまりだけ。あのきたないかたまりが、結晶でできてるっていうの？　信じらんない。

ふたつとして同じ一日はない。一日がたくさんかたまって一年になり、一年がたくさんかたまって一生になる。あたし、秘密もってる。秘密っていうのは、リータとミズ・レイン半分ぐらい知ってると思うけど、ふたりともおとなだから、あたしが立ち入ってほしくないとこまでは立ち入らない。あたし、つまり、子どもがいるでしょ。前は、なのに、男の人と付き合ったことない。今まで、そんなこと考えもしなかった。前は、とうさんにファックされて、いかせてもらいたいだけだった！　でも、今はそのこと考える。すてきな男の子にファックされること。そのこと考えて、それから、詩人かラッパーかひょっとしてアーティストになること考える。百二十五丁目に、フランコって男の人いて、ほとんどの店のウインドーをおおってる鋼鉄のゲートに、絵をかいた。夜、あそこ歩くと、一軒ずつちがう絵が見られる。あたし、美術館より好き。

家までの何ブロックか、歩くのに道順がいろいろある。角をひとつ曲がったら、なにもかもちがってる。レノックス街歩いて百十六丁目過ぎると、捨てられた土地もっとたくさんあって、建物こわれかけてる。ここがこんなにきたないの、だれもがごみをどんどんもちこむから。市役所は、そのごみ回収しない。犬のうんちもそのまんま。うちにトイレない人たち、おしっことうんこまき散らす。きたなさが十倍になる。レノックス街もっと歩いて、百十二丁目まで来たら、市営の団地がある。あたし、団地に住んだことない。ほとんどずっと、レノックス街四百四十四番地に住んでた。その前どこにいたかは知らない。たぶん、おばあちゃんとこだ。

かあさん、どうしてるかって、ときどき思う。それよりもっと、カールのこと思う。

カール・ケンウッド・ジョーンズ。あたし、きょう、カウンセラーのとこ行ってきた。先週、あたしがいつから感染してるか、ふたりで突き止めようとしたんだ。精薄施設の人から、ちびモンゴ感染してないって言われた。カウンセラーの女の人、お父さんのエイズは感染してから死ぬまでがとても速かったということだって言う。だって、ちびモンゴ感染してないなら、あの子生まれた一九八三年には、カールもたぶん感染してなかったことになる。ちびモンゴ生まれてから、カール、長いこと姿見せなかった。だから、あたしが感染したのは、八六年か八七年? カウンセラー、いちばん危険な時期過ぎたんじゃないかって言う。あたしは若いし、なんも病気もってないし、ヤク中でもない。長く生きられるだろうって。あたし、どれぐらい長くってきいた。返事なかった。

〈前進の宿〉の女の子たちの何人かは、あたしがあれだってこと……陽性だってこと、知ってると思う。あたしも、さぐろうとしなくたって、ほかの子たちのこと知ってるもの。みんな、はじめから、とくべつ親しくしてたわけじゃなかった。かあさんがあの知らせをもってやってきてからは、もっとよそよそしくなった。でも、かまうもんか。この宿の子たちと気やすくするつもりない。かってに部屋に入ってきて、ものぬすんだりする。あたしのほかにも、HIVに感染してる人いるはずだけど、あたしひとりみたいな気分になる。だけど、自分のとうさんからうつされたの、あたしひとりだけだろうな。カウンセラーのミズ・ワイス、とうさんのこと、できるだけ調べてみるって言ってた。

あたし、どこまで知りたいんだろ？　そして、なんのために？　カウンセラーに、今はとうさんのこと話せないって言った。とうさん思うと、クリトリス、じゅんとなる。むかついて、へどが出そうなんだけど、そいでも、興奮してしまうの。胃ぶくろは気もち悪いのに、股ぐらはかっかしてて、あの寝室のにおいやら、あの痛さやら、もどってきてほしいと思ってしまうの。とうさんにひっぱたかれて、顔はじんじんするし、右の耳と左の耳でべつべつの歌が鳴りだすしで、とうさん悪態つきながら、ちんこ入れて、出して、入れて、出して、入れて、出して、おお、あたし、いっちゃう。とうさん、あたしを強くかむ。あうっ！　とうさん、腰をぐいっと突き入れる。あたし、悲鳴あげて、とうさん射精する。テレビのカウボーイが馬たたくみたいに、あたしのふとももも、ぴしゃっとたたく。体、わなわなふるえる。あたし、オーガズム感じて、とうさん体ゆすりながら、ぎゅっとあたしつかんで、でぶママ、でっけえ穴、ってあたし呼ぶ！　おまえ、これ好きなんだろ！　これ大好きだって言え！　あたし、好きじゃないよって言いたい。あたしは子どもだよって言いたい。でも、あたしのまんこ、フライパンの脂みたくパチパチはじけてる。とうさん、もう一度あたしのなかに突き入れる。ちんこ、やわらかい。あたしのおっぱい、しゃぶり始める。

あたし、とうさんがおりてくれるの待ってる。じっと横になって、かべをにらんでると、かべが映画になって、いつでも『オズの魔法使い』見られる。マイケル・ジャクソン、かかしの役。それから、あたしの体がまたあたしを乗っ取って、地震のあとの揺り返しみたくゆさぶって、あたし、またいっちゃう。あたしの体、あたしのもんじゃなくなる。それ、いやでたまんない。

終わってから、あたし、バスルームに行く。うんこを顔にぬりつける。いい気もち。なんでかわからないけど、そうなんだ。今まで、だれにもそのこと言ってない。だけど、あたし、かならずそうした。近親相姦の被害者の会に行ったら、ほかの女の子たちになんて言われるだろ。あたし、爪をかんで、かんで、病気みたくかんで、指先の皮、かみちぎる。とうさんのかみそり、たなから出す。うで、手首、切って、切って、切って、死のうとするんじゃなくて、自分をどっかに押しもどそうとする。あたし、なにもうつってないテレビ。あたし、脳みそのない人形。過去も現在もない。映画のなかで、べつのだれかになってるだけ。でぶじゃなくて、黒い肌でもショートヘアでもなくて、ファックもされてないだれか。ピンクの、バージンの女の子。ジャネット・ジャクソンみたく、セクシーで、だれもファックできない女の子。だれからもたいせつにされる女の子。おっぱいがちっちゃくて、性格がかわいい、すごおくかわいい女の子!

カール・ケンウッド・ジョーンズのこと考えると、あたし、自分がにくくなる。大文字のH付きのにくい《ヘイト》。カウンセラー、「思い出しなさい」って言う。わすれたこともないのに、それ思い出してどうなるんだろ。でも、あたし、それを脳みそのすみっこに押しやる。

あたし、げんなりしてる。くたびれたってこと！　あたしがとうさんのこと考えるみたく、父親のこと考える子どももっている？　でも、あたし、子どもじゃないんだ。自分の子どもをもつ母親なんだ！

学校で、あたしたち、ラッパーみたく、詩をひとつ覚えることになってる。そして、それをクラス全員の前で暗しょうする。みんな、すごい短い詩えらぶけど、あたしとジャーメインはちがう。ジャーメイン、パット・パーカーって女の人の詩を読む。つぎに、あたし立ち上がって、自分がえらんだ詩を読む。ラングストン・ヒューズのものだけど、あたし、それをアブドゥルにささげる。まず、自己しょうかいするの（みんな、あたしを知ってるんだけどね）。あたしの名前はプレシャス・ジョーンズで、この詩は、あたしの息子アブドゥル・ジャマール・ルイス・ジョーンズにささげます。そう言って、読みはじめる。

母から息子へ

ねえ、ぼうや、よく聞いて。
わたしの人生は、クリスタルの階段じゃなかった。
ジグザグがあって、
木のとげがあって、
ふみ板はやぶれ、
カーペットなどしいてなくて――
むき出しの床。
だけど、休みなく、
わたしはのぼり続けて、
おどり場に着き、
角を曲がり、
ときには暗い、
光の見えない場所に足をふみ入れた。
だから、ぼうや、うしろを向かないで。
苦しいからといって、
階段にすわりこまないで。
ほら、落ちちゃだめ――

だって、わたしもまだ歩いてて、
わたしもまだのぼってて、
そして、わたしの人生は、クリスタルの階段じゃなかった。

あたしが読み終えると、みんな、イエーッ！　イエーッ！　って声をあげる。やったあ、プレシャス！　ってさけぶ。そして、拍手、拍手、拍手。とってもいい気分。ミズ・レイン、あなたがたの空想を書きなさいって言う。人生が思いどおりに行くとしたら、どうなりたいか。あたし、ひとつはすぐに答えられる。明るい肌の色になって、ちゃんとあつかわれたい。男の子たちにもてたい。明るい肌の色は、やせっぽちの体よりだいじ。でぶっちょでも、肌の色明るければ、ボーイフレンドできる。男の子たち、白い女の子や黄色い女の子なら、たいていのこと目をつぶる。とくに、黒い肌で、くちびるも鼻もでっかい男の子たち、黄色い女の子にめろめろ。だから、あたしの空想の一番め、明るい肌の色。そのつぎは、かみの毛のばしたい。ふわふわにするの。かつらかぶったみたくさ。でも、それを自分のかみでやるんだ。

そのつぎは、ちょっと言いにくい。アブドゥルを愛する気もち、胸のなかにいっぱいありすぎて。でも、あたし、ひとりの女の子か女の人になりたい。うーん、女の子だな。だって、もし子どもいなければ、あたし、まだ女の子だもん。マイケル・ジャクソンみたいな、マドンナみたいな、バージンになりたい。べつのプレシャス・ジョーンズになりたい。胸がおっきくなくて、雑誌に出てくる子みたく、ちっちゃなピンクのブラをして……。ホイットニーみたいな体。ほっそりした太もも、などなど。おかたい女の子で、妊娠線なんかなくて、赤んぼの頭がまんこの穴通ったことなくて……。痛かったよ、あれは。何時間も、何時間も、いきんで、いきんで、いきんで！　そいで、あの子、出てきた。きれいなすがたで。ほんと、きれいな赤んぼ。でも、あたしはちがう。あたし、十八歳。ある日、〈前進の宿〉にガールフレンドたずねてきた男の子、あたしをだれかのかあさんだと思ったって。まいるよ。

だから、あたし、空想するとしたら、自分の見てくれのこと。ミズ・レイン、あたしは今のままできれいだって言う。どこが？　どんなふうに？　だれにとって？　子どもいなかったら、あたし、べつの人生歩いてた。カウンセラーが一度、子どもがいることと、レイプされて子ども生んだことと、どっちが心のきずかってきいた。両方だよ。だって、レイプじゃなかったとしても、だれが十二歳で子ども生みたい？　ちびモンゴ生んだとき、あたし、十二だったんだからね。

ふつうの人生って、なんだろ？　自分のかあさん、はずかしがらなくていい人生。学校終わったあと、友だちいっぱい来て、テレビ見て、宿題やる。かあさんはふつうの見てくれで、フライパンで頭ぶったりしない。空想のなかで、あたし、二度めのチャンスほしい。一度めのチャンス、かあさんととうさんに吸い取られたから。

ミズ・レイン、いつも、書きなさい、思い出しなさい、書きなさい、思い出しなさいって言う。カウンセラー、話しなさい、話しなさいって言う。過去のことを話しなさいって。今のことは、どうなるのよ！　学校行ってれば、とにかく、将来の準備ができる（あたしにとって、それはたった今ってこと）。

なんでカウンセラー好きになれないか、わかんないけど、ミズ・レイン、話しなさいって言う。相手が好きでもきらいでも、話したら、いろんなこと今よりよくなるって。だけど、たれこみ屋のソーシャルワーカーだよ。あいつ、あたしの報告書、書いてるんだ。その報告書、ファイルに入れられる。ファイルがなにもかも決める。あたしがなにをもらえるか。あたしがどこに行けるか――もしかして、手当打ち切られて、〈前進の宿〉追い出されるか……。かあさんの気もち、わかるよ。

あたしとミズ・ワイス、面接室にいる。ミズ・ワイス、いちばん古いかあさんの記憶はなにかってきく。

はあ？

「お母さんのことで、いちばん最初に記憶してることは？」

先週は、とうさん、とうさんだった。今週は〝かあさん〟で攻めてくるわけ？　あたし、なんにも言わない。

「プレシャス?」

動けない、しゃべれない。二年生のころみたく、体がまひしてる。この白んぼ女にあれこれ質問されるの、うんざり。だれかに話すこと、必要かもしれないけど、この女はいやだ。でも、部屋はいかしてる。お日さまの入るおっきな窓、深緑の革の家具、かべにかかった絵。あたし、緑のおっきなカウチにすわってる。白んぼカウンセラー、つくえの向こうの回転いす。そちらの側には、書類戸棚がある。

「何か、飲む?」

「炭酸」あたし、水なんて言わない。水なら、自分でくんでこれる。あたしがお金ないの、ミズ・ワイス知ってる。おごってくれなきゃ、あたし炭酸飲めない。販売機は洗たく室にある。〈前進の宿〉の規則――スタッフが入居者にお金あげちゃいけない。

「どんな炭酸?」

「チェリー・コーク」

ミズ・ワイス出てって、ドアしまって、あたし、すぐ席を立つ。速く、静かに動く。でも、頭のなかでは、接着剤のうえ歩いてるみたく、のろくって、まるでごう問。びくついた汗が、やなにおいさせてる。今もし、ミズ・ワイスもどってきたら、あたし、ぱっと振り向いて、白いけつひっぱたいてやる。問題は麻薬《クラック》じゃなくて白んぼ《クラッカー》だ!

ファラカンが言ってる。ミズ・ワイスのつくえのうしろ、おっきなベージュの書類戸棚。一番めのひきだし、A－Jで、二番め、K－Z。ジョーンズ、ジョーンズ（とてもありふれた名前）と……P・ジョーンズはない、ああ、そりゃそうだ、あの連中のことだから、クレアリース・ジョーンズにしてるはずだ。ほうら、あった、ジョーンズ（クレアリース・P）という名前の下に、社会保障番号〇一五－一一－九一五三。あたし、おっきな緑のカウチに飛んでもどって、リュックにファイル押しこむ。おでこの汗ぬぐってたら、ミズ・ワイスもどってきた。

「ここ、暑いでしょう?」

「うん」あたし答えて、炭酸受けとり、ありがとって言う。

「わたしがいないあいだ、なにかなかった?」

あたし、首をふる。

「ねえ、面接と面接のあいだ、頭に浮かんだことを、ノートに書きとめておけば――」

「やってるよ」

「つまり、きょうのような話題だと、とくに役に立つと思うの。お母さんについての最初の記憶を、掘り起こそうとするのに」

なにが掘り起こされてくるかは、もうわかってる。顔に押しつけられたかあさんのまんこのにおい。

「なにを考えてるの？」

「べつに」

「来週までに、なにか浮かんだら、教えてちょうだい。ノートに書きとめておいてね。わかった？」

「わかった」

「お母さんがここへ訪ねてきたがってること、知ってるでしょう？」

「ううん、知らなかった」

「面接のときに、お母さんにも同席してもらいたいとは思わない？」

「わかんないよ。考えてみたこともない」

「じゃあ、そのことも、来週までに考えておいてちょうだい」

立ち上がって、リュック手に取って、「そいじゃ」って言った。二階に上がって、保育室の外の公衆電話でリータにかけたら、まだ帰ってない。たぶん、なにかの会合だ。ジャーメインにかけたら、本人が出て、あたし、自分がやったこと言わずに、ただ、とってもだいじな用だから、こっちへ来てってたのんだ。ジャーメイン、来るって言う。

ジャーメイン来てから、リュックのファイル取り出す。なんでひとりで読みたくなかったんだか、自分でわからない。書いてある中身がこわかったのか、それを読めないかもしれないのがこわかったのか。たぶん、両方だ。あたし、読みはじめる。

「今、クレアリース・ジョーンズとの面接を終えたところ。本人は、プレシャスと呼ばれたがっている（あったりまえだろ、あたしの名前だよ！）。十八歳のアフリカ系アメリカ人女性。現在通学しているイーチ・ワン・ティーチ・ワンの担任教師によると、彼女は（つぎの単語、見たことない！）画面の画に、学期の期に、的、な成功をおさめている」（うしろからジャーメインがのぞきこんで、よく知らない言葉だけど、きっとほめてるんだよって言う）「この一年間で、なが……長足の進歩を示し、そのめざましい成果に対して、市長賞を受け、じゃない、授けられた。勉学のすべての面に、せき……」（「〝積極的〟よ」って、ジャーメイン言う）「積極的にかかわっているように見える。ただし（やれやれ、白んぼたちの文には、かならず〝ただし〟がくっつくんだから！）、TABEテストの点数は、お粗末なほど低い」（「ミズ・レイン、そんなこと言ってなかった！」って、あたし言う）「前回のテストは、二・八点」（「それがどうしたのよ！　ミズ・レインは——」ジャーメインがさえぎって、「気もちをおちつけて、先までちゃんと読むんだよ。この白ブタの書いてることに、いちいちかんしゃく起こしてないで。だいたい、相手がそんなまぬけじゃなかったら、あんた、こうやって読んでなんかいられないんだから。その、なんて名前だっけ？」「ミズ・ワイス」「そう、そのミズ・ワイスの報告書をさ」）「最低でも八・〇は取らないと、GEDクラスに入って、高校とおな……」（「〝同等〟」って、ジャーメイン言う。わかってるよ、ききもしないのに横から言わないでよ！　って、あたし言いたい。でも、そんなこと、ジャーメインにはぜったい言わない）「同等の教育を受けることはむずかしい」

「アブドゥルは、来談者（なに、これ？　あたしのこと？）の第二子。一九八八年生まれで、外目から」（ジャーメインが、「〝外見〟だよ」って言う）「そっか、外見から判断するかぎり、健康で、情緒的にも安定した小児である（もうりっぱな男の子だってば！）。プレシャスは、深い愛情を持って、かーいーがーいーしーく（なんとでも言ってよ！）世話を焼き、育児に関する情報を、ひん――」（「〝貪欲に〟でしょ」と、ジャーメイン）「貪欲に仕入れている（そりゃそうよ、あたし、あの子の母親なんだから！）。来談者は……」（また来談者！　どんなたわごとが続くのやら。へどが出そうだ。あたし、ファイルをジャーメインにわたして、「最後まで読んで」ってたのんだ）「ええと、来談者は、GEDを取って、大学へ進みたいという希望を語っている。

この若い女性がGEDを取り、さらには大学へ進むのに要する時間と資金は、相当のものになるだろう。現在、学校へ通ってはいるものの、職業教育を受けているわけではない。授業のほとんどすべてが、言語のしゅ、しゅう――」（ジャーメイン、ファイルに顔を近づけて）「習得だ！」（「なに、それ？」って、あたしきいた。「身につけるってことよ。言語の習得、つまり、言葉を身につける」）「担任教師のミズ・レインは、文を書くことと本を読むことにたいへん重きを置いている。コンピュータについての学習は少なく、また、JPTAプログラムにより安価に入手できる多種多様な予備GEDおよびGEDワークブックの利用もほとんどなされていない。
プレシャスは現在、職業につくことが可能な状態にある。一九九〇年一月に、長男が二歳になる。福祉制度改革の精神にのっとるなら、現行のさまざまな勤労福祉プログラムの恩恵を受けることができるのではないだろうか。勉学面では明らかに限界があるものの、付添い婦として働く力はじゅうぶんに備えている」（「付添い婦？　あたし、付添い婦なんかになる気はないよ！　あたしがなりたいのは――」「だまって聞きなさい！」って、ジャーメイン）
「わたしとプレシャスのあいだには、最低限の信頼関係しかない。具体的なことは知らないけれど、彼女には、イーチ・ワン・ティーチ・ワンの提供するカウンセリングへのつてがあるようだ。彼女は、性的虐待を受けたことがあり、HIV陽性でもある」（「このことは、ファイルに載せないって言ってたんだよ！　あのめす犬！」「しゃべってしまったら、ファイルに載るさ。あんたの首ねっこおさえるのが、めす犬の仕事なんだから！」って、ジャーメイン）「来談者は、社会奉仕制度とその支持者を敵と見なしているらしく、それでいて、口では自活をめざすと言いながら、いつまでも扶養手当の世話になろうと当て込んでいる節がある」

ジャーメインがあたしにファイルを返す。「冗談じゃないよ！」あたし、さけんだ。「あたし、GEDを取って、仕事見つけて、アブドゥルとふたりで住んで、大学行くんだ。だれの〝付添い〟もするもんか！」

「おちつきな！」ジャーメイン、低い声で言う。「そして、やっかいなことにならないうちに、これをもどしといで！」あたし、じっとすわってた。ジャーメイン、もう一度、ファイルをあたしに押しつける。「もってくんだ。あしたの朝、ミズ・レインに話そ」

「いすをもってきて、まるくならべてください」ミズ・レインが言う。「日誌を少し書いて、それから、みんなで話しましょう。プレシャスがもち出した話題を掘り下げたければ――」

「なんの話題？」と、アイシャ。ガイアナ出身のおっきな声の女の子。

「勤労福祉と教育」

「どやって話すの」と、バニー。ぼろぼろの歯をした、すごいやせっぽちの子。

「なにを話してもいいし、なにも話さなくてもいい。みんなで掘り下げたいのなら、そうするけど、いやだったら、べつにかまわないのよ。二十分あげるから、日誌を書きなさい」ミズ・レイン、そう言って、腕時計を見る。「はじめ」

八九・五・三

たいしてショックうけたわけじゃない。あのしろブタがなんかたくらんでるのは、わかってた。ミズ・ワイス。やな女。あたしに年よりの白人のけつふかすことしか考えてないんなら、あの女のカウンセリングうけるひつようないよ。あたし、せっかく習った読み書き全部すてて、つきそいふになんかなる気ない。ロンダがむかし、ブライトン・ビーチまで行って、そういう年よりの世話させられたことあるんだって。

そのときのロンダみたく、あたしがやとい主の家にねとまりして、一日十二時間はたらいてたら、だれがアブドゥルのめんどうみるの？　年よりの白人たち、昼も夜もずっと、ロンダを〝たいき〟させた。なのに、給料は八時間ぶんしかもらえなくて（あとの十六時間は、どれいあつかい？）、八×三ドル三十五セントで、一日二十六ドル八十セント。だけど、一日八時間以上はたらいてるんだから、こんな計算おかしいよ。一日二十四時間はたらいてるとしたら、二十六ドル八十セントを二十四で割って、時給一ドル十二セント。おばあさんが、夜中にロンダ呼びたくなると、ベルをならすんだって。つきそいふはたいてい、週六日はたらく。だとしたら、あたし、日曜しかアブドゥルに会えなくなるの？　学校には、いつ行くんだろ？　あたしが白人の女の人のおむつをかえてお金をもらい、そのお金でベビーシッターやとって、アブドゥルのおむつかえてもらうなんて、へんだよね。それに、学校はどうなる？　学校行けなくなったら、どうやって読み書きのべんきょうつづけるの？

アブドゥルのたんじょう日までに、考え決めなきゃなんない。たんじょう日すぎたら、手紙が来る。手紙には、もしふよう手当もらいつづけたければ、何月何日までにXYZへしゅっとうしろって書いてある。来なかったら、手当て打ち切るって。せいかくなことは、知らないけど、たくさんの女の子たちの話きいたから、だいたいわかる。

「はい、そこまで」ミズ・レイン言う。「時間切れよ。発表したい人、いる？」

手をあげたの、あたしひとりだった。

「じゃあ、プレシャス、発表して」

「あたし、書いたのを全部読むんじゃなくて、なにを書いたかってことと、なんでそうなったかってことを言いたいの。それから、なんであたしがこまってんのか――」

「なにがあったの?」と、アイシャ。

「長い話なんだけど、ちぢめて言うと、〈前進の宿〉のカウンセラーが、かあさんやとうさんのことをあれこれきいてきて、でも、ほんとはそれ、勤労福祉のためで――」

「なんで、わかったの?」ロンダがきく。

「〈前進の宿〉から、あたしのファイルぬすみ出して、読んでみたの。『なにになりたいの?』とか『なんでもきかせて』とか言ってるけどさ。あいつら、こっちのためのセラピストじゃなくて、福祉課の回しもんなんだ」

ジャーメインが口をはさむ。「向こうが、わたしたちに奴隷のまねごとをさせるつもりしかなくて、わたしたちのほうは、学校に行きつづけたいんだとしたら、もとの考えかたがちがうってことだよ。わたしははたらきたいけど、それは、セントラル・パークで福祉小切手の列にならぶためじゃない。それに、わたしがただばたらきなんかしたら、兄弟や姉妹たちの仕事をうばってしまうことになる。だいたい、プレシャスみたいな子に、GED取る前に学校やめさせて、年よりの白んぼの付添いさせるなんて、とんでもない話だよ。そんな仕事にはまりこんだら、一生浮かび上がれない!」

「まあね」ミズ・レインが言う。「でも、ファイルをぬすむというのは――」

「レイン先生、あのファイルぬすまなかったら、あたし、自分がどんな問題かかえてるか、わかんなかったよ！」

「全部を、自分ひとりで読んだの？」

「まあ、だいたい。ねえ、あたし、付添い婦になんなきゃいけないの？」

「そんなことはありません！」と、ミズ・レイン。「だから、心配するのはおやめなさい。そのときが来たら、いっしょに橋をわたりましょう。わたしを信じて」と言ってから、

「いいえ、あなた自身を信じるのよ。ただ、わたしが今心配なのは、福祉課とのあいだに立って話を聞いてくれる人が、そのミズ・ワイスしかいなくて、あなたがミズ・ワイスを信頼できないんだとしたら、必要な援助を得られないということなの」

「うん、あたし、ノートだけはちゃんと書いて、もっとましなセラピストが担当になるの待つよ。そのほうが、あの女と話すより気もちおちつくんだもん。そいから、あたし、リータといっしょに、昆虫《インセクト》体験者の会に——」

「近親相姦《インセスト》でしょ」バニーって子が言う。

「そのつもりで言ったんだけど」

「でも、そうは言ってなかったよ」

「インセクトとインセストと、どこがどうちがうの？」

「インセストは、親にやらしいことされることで、インセクトは、ごきぶりや、しらみ

なんかだよ」

あたし、がはがは笑っちゃう。

ミズ・レイン、へんな顔して、あたしを見る。「プレシャス、あなた、耳の検査、したことある？」

「ううん」あたし、検査なんて、なにもしたことない。ほんとはメガネがほしくて、そしたら、夜に本読んでも、目があんなにつかれなくてすむ。でも、なんとか暮らしていかなきゃいけないときに、いろいろぜえたく言ってはいられない。

「はい、いすをもとの列にもどして、先週からはじめた公式文書の書きかたの勉強にうつりましょう」

一週間ぐらい前から、ジャーメイン、文集に入れるためのお話を書いてる。タイトルは、みんな腰を抜かしそうになったんだけど、『ハーレムのタチ』。なんてタイトルだろ！　ジャーメイン、詩を書くみたく、それ書いてる。クラスの作文名人だから、あたしたち、読むの待ちきれない。

あたしも今、毎日書いてる。一時間書くときもある。ミズ・レイン、あたしを呼んで、放課後も学校にのこって勉強して、アブドゥルを二時までベビーシッターにみてもらったら、つぎの週に割り増しの昼食券もらえるっておしえてくれた（来週の券できょうのお昼を食べれるわけじゃないけど、そいでも……）。あたし、自分の将来のこと、いっぱい考える。考えること、いっぱいある。いつも考えてる。ミズ・レイン、あたしの脳みそ活発で、きらきらしてるって言う。あたし、ただ、自分のまわりで世界がどう動いてるか、つきとめたいだけ。あたしの身に起きてるようなことが、今の時代に、どうやって起きるのか。たぶん、自分の身になにが起きたのかを、あたし、まだつきとめようとしてるとこだと思う。

あたしの身になにが起きたのか？　白人のソーシャルワーカーになんか、言えないよ。向こうはきっと、頭のいかれたブスめって顔で、どうせ自分でまねいた運命だろって目で、あたしを見る。そいで、老いぼれ白人のけつをふく仕事、やらせようとするんだ。

十二歳で赤んぼ生んだときに——。

あたし、泣きたくない。書いてるときには泣くなって、自分に言いきかせる。理由その一、書けなくなってしまうから。理由その二、テレビに出てくる白んぼの泣き虫女みたいになるの、いやだから。だって、あたしは白んぼじゃない。今は、それがよくわかる。あたしは白いめすブタじゃない。あたしの中身は、ジャネット・ジャクソンでもマドンナでもない。あたし、ずっと、中身はべつの人間だと思ってた。外から見たときだけ、でぶの黒んぼのブスに見えるんだと思ってた。もし、みんなにあたしの中身が見えたら、かわいい女の子が見えて、だから、みんなあたしをわらわないし、つばのついた紙玉を投げないし（一度、妊娠してるときに、学校の男の子につばをはきかけられたことがある）、ひまわりの種のからを飛ばさないだろうって思ってた。かあさんも、とうさんも、あたしを……あたしを……なんて言えばいいか、そう、プレシャスだって気づいてくれるんじゃないか！　でも、あたしの中身は、べつの人間じゃなかった。きれいだと思ってたあたしの中身も、おんなし黒い肌の女の子だった。だけど、あたし、言うつもりだったことをやっぱり言うよ。そいで、終わりにする。全部うしろのほうに投げすてて、もう二度と口に出さない。あたし、だれも責める気ないよ。ただ、十二歳のとき、あの十二歳のときに、だれか手を貸してくれたら、今みたくならなかった。もし――〝もし〟と〝でも〟は、いちばん役立たずの単語だけど、使っていいときもあるって、ミズ・レイン言ってた。だって、ほんとに役立たずだったら、消えてなくなるはずだもん。十二歳のあたしがカールの赤んぼ生んだあと、なんで、だれもカールを刑務所にほうりこまなかったんだろ？　警察にうったえなかったあたしが悪いわけ？

今夜は、リータが近親相姦体験者の会に連れてってくれる夜だ。あたしたち、バスで行く。ハーレムはせまいけど、なかにいると、全世界みたく思える。寝室のドアに地下鉄の路線図はってあって、地下鉄の走ってるとこ、全部のってる。地下鉄はクイーンズへもブルックリンへも行く。路線図見ながら、ときどき、電車に乗って、終点まで行ったらどんなだろ、とか、とちゅうで、そうだな、クイーンズのレファーツ・ブールヴァードやブロンクスのミドルタウン・ロードでおりたらどんなだろ、とか考える。そこは、ニューヨークのなかの、どんな町なんだろ。ジャーメイン、地下鉄をおりたら、野球のバットもった白人の男の子、おそってくるよって言う。リータ、そんなことないって言う。それはおおげさだよって。

とにかく、行ってみよ！　プレシャス、ダウンタウンへ行く。サマー・キャンプにも行ったことないプレシャス。同級生たちが、白んぼのキャンプ場へ行く話してるの、きいてた。野外活動基金だとか、警察有志会だとかいうやつ。テントがあって、湖があるとこ。でも、あたしがもしキャンプ行けても、前の学校のときとおんなしだろな。仲間はずれ。あたしとリータ、ダウンタウン行きの一〇二番に乗る。リータ、歯をなおした。いっしょに住んでる新しい男、お金もってる。白人の男。ＨＩＶももってる。その男、リータにぞっこん。ヤク中らしい（白んぼのヤク中がいるなんて、知らなかった）。ヤク中になったとき、その男、親からのお金、打ち切られた。でも、感染した今は、なんでもわがままきいてもらえる。おまけに、その男、ちゃんと仕事してて、ネクタイしめて、ブリーフケースもって、会社に行く。リータには夢があって、その男応援してる。あたしたちみんな、応援してる。リータ、ハーレムに、ＨＩＶの女たちとその子どもたちの家、作りたがってるんだ。あたしだって、応援するさ。日誌に、あたし書く。

バスのハンドル
あたしを回して
時間つきぬけ
かあさん過ぎて
さいしょに見える
たくさんのビル
まるでアニメのぎゃく回し
みんないっしょに
あともどりしたみたい
なんだかへんちくりん（あたしは飛んでる伝書バト）
でも、あたしのおうちはこわれたビルの
赤いレンガのかけらの山
黒いお目めは
われたガラスまど。
おんぼろビルまで飛んでくと

そんなおんぼろでもなくて
道をそうじしてる人がいる
それからつぎに行ったとこ
は
なにもかもきれい
大きなガラスまど
お店もいっぱい
白いはただの人たち
毛皮
ブルー・ジーンズ
ここはべつの街
あたし、べつの街にいる
こんなとこで育ったら
どんなになってたろ?
ここのプードル犬
テレビにうつった犬じゃなく
道をほんとに歩いてる

やせっぽの白人の
女の人、ひも引いて。
あいつら、あたしに
あんなおばあさんの
けつふかせたいの？
車いす押してやって――
そんなことする前に、殺す。

虎よ、虎よ
燃えるがごとくかがやいて

それが今、プレシャス・
ジョーンズの心に住んでる――一頭の虎。
本屋さん
カフェ
〈ブルーミングデール〉！
バスは走りつづける

あたしたち、十四丁目通りでおりた。リータ、このあとはバスか歩きだって言う。あたし、歩こうって言った。そいで、レズビアン・アンド・ゲイ・センターのある七番街まで歩いた。リータはゲイじゃないけど、そこが会場になってる。火曜の夜の近親相姦体験者匿名集会の会場。あたし、今までこんなとこ、来たことない。ミズ・レイン、リータ、ロンダ、ジャーメイン、それに〈前進の宿〉の寮母さん、みんなが行きなさいって言った。だから、あたし、こうして来たんだ！

センターはおっきい。

会がはじまったとき、あたし、なにもしゃべらない。みんな、円の形にすわってる。あたし、話をすることになってた。こんなとこで、話できないよ！　話するためには、自分の体で感じたこと、言わなきゃなんない。体と頭の戦争。あたし、うまく言えない。なんであたしが、こんなに若いのに、こんなに年取った気分なのか。なんにも知らないぐらい若くて、なんでも知ってるぐらい年取ってる。父親のちんぽこ口に入れた女の子は、ほかの子たちが知らないこと知ってるけど、だれがそんなこと知りたいもんか。

いろんな女の子、ここに来てる！　円の形にすわって、顔はみんな、時計みたい。いや、それより爆弾みたい。かみの毛とおっぱいがついて、服を着た爆弾。すわって五分もしたら、あたしも爆弾だってこと、わかってきた。ただすわって、みんなやりたいことやってるだけで、あたし、爆発せずにすむ。リータが時間どおりここへ連れてきてくれて、よかったよ。

「はじめまして」映画スターみたいな子！　すらっとして、かみ長くて、目は星みたく、くちびるは赤い。「わたしの名前はアイリーン。近親相姦の体験者です」

あたし、口をあんぐりとあける。こんな子が……。

「それがはじまったのは、ええと、四歳か五歳のときで、父がわたしを愛撫しました」（あそこをさわったってことね）「十二歳のころには、週に三回か四回、性交をするようになりました」

なにもかも、あたしのまわりにふわふわ浮き上がってきた。湖から飛びたつかものの群れみたい。羽ばたきが見える、かもの声聞こえる。かもっていうより小鳥みたい。こんなたくさんの小鳥、どっから来たのか。飛んでるの、見える。飛んでるの、感じる。たしかに飛んでる。ずっと上のほう。でも、体は下の輪のなか。プレシャスは小鳥。

だれかがあたしの手をにぎってる。リータだ。あたしの手、マッサージしてる。あたし、小鳥からもとにもどって、きれいな女の子の泣いてる声聞く。かあさんのにおいする。あたしの首の両側にひざをついたカール……。

女の子言う。「聞いてくれてありがとう。これは、火曜の夜の、新入会員のための集まりです。発言したい人は、手をあげてください」あたし、手をあげる。あたしの手、かあさんのにおいのなかを突きぬけて、あたしの手、とうさんのちんぽこを顔の前から押しのける。

「あたし、父親にレイプされた。そいから、ぶたれた」あたしのほか、だれもしゃべってない。「かあさんは、あたしの頭を自分のあそこへ……」これ以上、話せない。きれいな女の子、ささやくような声で、「もういいですか？」ってきく。あたし、はいって言う。女の子、「つぎの発言者を指名してください」って言う。あたし、自分のナイキのくつから、目を上げた。何人も手ぇあげてる。オーバーオール着てるブルーの女の子、指名した。リータの手にぎって、耳かたむける。にいさんにレイプされた女の子の話に耳かたむけ、父親にレイプされた中年の女の人の話に耳かたむける。その人、父親が六十五歳で死ぬまで、そのこと思い出さなかったんだって。若い女の子たち、若くない女の人たち、白人の女の人たち……白人、たくさんいる。カルト教団に妹をころされた女の子……。あるユダヤ人の子の話は、こうだ。ロングアイランド（ウェストチェスターみたいなとこ？）に住んでるお金もちで、父親は有名な児童精神医学者。それは、九歳のころからはじまった。ジャーメインとおんなしで、レズビアンであることに誇りもってる。でも、誇れるのは、それだけ。十四年間、精神病院にとじこめられてた。分裂病と診断されて。

なんて話なの！

一時間のあいだに、半分ぐらいの人がしゃべった。こんなたくさんの人に、それが起こったの？　あたしは、うそついてない！　ほかの人たちは？　カルト教団なんて、映画のなかにしかないと思ってた。この人たちがレイプされたのは、どんな世界でのできごとなんだろ。父親がむすめのうでの骨折る。猫なで声でちんぽこしゃぶらせる。いろんな女の人、ここに来てる。おじょうさまみたいな子、でぶの子、中年の人、若い人。みんなに共通するひとつのこと、あのこと。それは、レイプの被害者だってこと。

終わってから、みんなでコーヒー飲みに行った。あたし、今まで、〝コーヒー飲みに〟なんて行ったことない。リータがあたしの肩にうで回して、好きなもんたのみなって言うから、あたし、ホットチョコレートたのんだ。スチュワーデスやってるブロンドの若い女の人が言う。「プレシャス！　きれいな名前ね！」

あたし、わくわくしてる。小鳥はあたしの心。かあさんととうさんの勝ちじゃない。あたし、勝とうとしてる。あたし、ヴィレッジで、女の子たちと、あたしを愛してくれるいろんな女の人たちと、ホットチョコレート飲んでるんだ。なんでこうなったか、わかんない。なんで、かあさんととうさん、十六年間あたしを知ってて、あたしをにくんだのか、なんで、はじめて会った人、あたしを愛してくれるのか。きっと、この人たち、さいしょからわかってくれてるからだ。

向かいの席にすわってる黒人の女の子、長いきれいなかみ、ミズ・レインみたくほそくたばねてる。でも、ミズ・レインほどちりちりじゃない。あたし、自分でびっくりしたけど、「そのかみ、どうやって編んだの?」ってきいた。

「あら、気に入った? お望みの日に、あなたのかみも編んだげる。そういう仕事してんの。かみとか、メーキャップとか」そう言って、その子、名刺くれた!

ホットチョコレート、もう一杯ほしいかって、リータがきく。ほしいけど、あたし、よくばりたくない。いくらボーイフレンドにもらったお金だって、プレシャス・ジョーンズにおごるよりましな使い道あるよ。リータ、あたしの肩をだいて、ウェイトレス呼ぶ。「ホットチョコレートとカプチーノのおかわり、ちょうだい」リータって、すてき。世間を知ってて、こういう場所でのふるまいかたも……。あたし、ときどき、なんにもわかんなくなるのに!

ああ、きょうは、面接にかあさんが加わる日だ。かあさん、ここに何度も、何度も、何度も電話してきて、あたしに会わせろってソーシャルワーカーにたのんだ。あたし、ミズ・ワイスに、いやだって言った。そしたら、ミズ・ワイス、会うべきだって言う。

なんでよって、あたしきいた。あなたのためよ。あなた自身のために、お母さんの言いぶんをきいてあげなさい。ってわけで、きょうの四時、会うことになった。

腕時計は、四時一分前。階段を一、二、三、四、五、六、七、八段おりて、ちっちゃなおどり場から、また八段おりる。ドアを入ったら、四時一分過ぎ。さあ、なにがほしいの？

おっきな緑のカウチに、かあさんすわってる。ミズ・ワイス、あたしのほう見て、あたしがすわるの、じっとまってる。あたし、すわった。ミズ・ワイス、かあさんに言う。「さて、ジョンストンさん、あなたをメアリと呼んでいいかしら？」

「かまわないよ」かあさん、自分のくつを見おろす。男もんのでっかいローファー。部屋んなか、へんなにおいする。かあさん、くさい。オレンジ色の袖なしワンピース、わきが両方とも破けてる。かみの毛はぐちゃぐちゃ。どろんとした目には、もう凶暴な赤い火花見えない。

ミズ・ワイス、頭おかしいんじゃないかと思う。かあさんにうそついて、あたしをごまかして。かあさんはたぶん、ここに来て、面接でミズ・ワイスと話をすれば、あたしを連れもどせると思ってるんだ。あたしとアブドゥルを。だとしたら、なんでこんなことするの？　ミズ・ワイスのやってること、さっぱりわかんない。あたし、アブドゥルと住む家を必要としてる。〈前進の宿〉は、ひとり身の女の人や、新生児や乳児をかかえた女の子のための施設だ。あたし、もうじきいられなくなる。あたし、イーチ・ワン・ティーチ・ワンの勉強終えて、GED取りたい。できれば、障害者施設におむつ姿でころがされてるちびモンゴも引き取りたいって思ってるのに、ミズ・ワイス、いちばん古いかあさんの記憶を知りたがる。あたし、ノートひらいて、なかを見てみる。

いちばんふるいかあさんの記よく記おくてなんだろ?

せまいへやに、かあさんととうさんいる。くさい。あつい日に、あけたままのサバ缶、台所におきっぱなししたとき、思いだす。あのにおい。とうさん、あたしのかおにキンタマおしつける。せんたっきに入れられて、なん年も、ずっとまわってたみたい。かあさん、わるものおおかみみたく、おっきく口あける。べんじょよりひどいにおい。かあさんのゆび、あたしのまんこじあける。夜。毒くったねずみ。ゆめも見ない。

あたし、ノートとじる。

「じゃあ、メアリ、まず虐待のことを、少し話してもらえる?」ミズ・ワイス、かあさんに言う。

「ぎゃくたいって？」

「ファイルによると、プレシャスは、あなたのボーイフレンド、亡くなったカール・ケンウッド・ジョーンズの子どもを、ふたり生んでる。しかも、カールはプレシャスの父親でしょう？　あなたは電話で、娘と孫といっしょに暮らしたい、ふたりに家にもどってきてほしいと言ってた。だったら、その家でなにがあったのかを、説明してもらったほうがいいんじゃないかしら」

ねえ、かあさん、こんなえさに食いつかないでよ！

「はあ、あたしゃ……プレシャスは、うちの子どもだから」

お願いだから、かあさん、だまってて。

「虐待は、いつあったの？　どれぐらいの回数？　どこで？　そういうことが行なわれていると、最初に気づいたのはいつですか、ジョンストンさん？」

「あの人、好きなときにうちに来る。あたしゃ、夜中に目ぇさまして、朝になったら、あの人いないから、この子のとこにいるってわかる。いつからはじまったか？　知んないよ。あたし、いい母親だった。子どもになんでもしてやった。この子にも、話して聞かせたよ。ピンクと白のうば車、ちっちゃなピンクの靴下、服も、みんなピンク着せた。プレシャス、この子、よくわらって、まるまるしてた。あたしゃ、いちんちも欠かさず、うば車のせて、外に出かけた。寒い日も、教会やらどこやら出かけて、あたしとカール——あたしの亭主だよ——、プレシャスを愛してた。あたし、カールを愛してた。いつか結婚して、芝生のある家住んで、全部の部屋にカラー・テレビおくの、夢だった。プレシャス生まれたのとおんなしころ、ミズ・ウエストの息子、あの殺された子が生まれた。あの子、覚えてるだろ、プレシャス?」

なに話してんのよ、かあさん!

「おまえとおんなしころ、生まれたんだよ」

「あたし、生まれたの十一月だよ」あたし言った。ほんとかどうか知らないけど、ずっとそう信じてる。

「うん、うん、そうだよ。あたしのさそり座の娘! さそり座はわるがしこい。そりゃうそじゃないけど、いつでも信用しちゃいけないよ。でも、とにかく、プレシャスはゲーリーとおんなしころ生まれたんだ。ミズ・ウエストの殺された息子とね。二、三か月のちがいだよ。だけど、あああ、大ちがい! プレシャスの速いこと! 歩くのも、しゃべるのも、なんでもミズ・ウエストの息子より先だった。歯だって、なんだって。バックス・バニーみたいな歯ぁ、してたよ。ちょっとしたダンスまでできて、ところが、あっちは歩くのもやっとさ。あたしゃ、〈クール・アンド・ザ・ギャング〉かけてやったの、覚えてるかい、プレシャス、あんた覚えてる? あたしが〈クール・アンド・ザ・ギャング〉かけたら、あんた、それに合わせて踊ったろ？　この子、なにからなにまで、しあわせな子ども時代すごして、カール、気立てのいい人で……」

なに言ってるのよ、かあさん！　でたらめな話を、下痢のうんこみたくたれ流さないでちょうだい！

「いつから？　いつからはじまったか、あたしにゃわかんない。いつから覚えてるかって？　この子、まだちっちゃいころ。うーん、三つぐらいか。哺乳びんで、ミルクやってた。おっぱい出てたけど、子どもにやるためじゃなくて、カール吸ってたからね。カールにおっぱいやって、プレシャスにミルクやった。衛生、ってこと」

「はあ？」と、ミズ・ワイス。

「はあ？」と、かあさん。

「衛生と聞こえたような気がしたんですけど、それは、つまり……つまり……」ミズ・ワイス、最後まで言えない。

「この子はミルクで、亭主はおっぱいだよ。子どもにゃ、ミルクのほうがいいんだ。せえけつで、でも、いつまでもおっぱい出てた。カールがのっかってばかりいるからさ。そんなもんだ。子どもと亭主と――女は両方もってる。どうしようもないだろ。三人でベッドに寝たよ。こっち側にこの子とあたし、あっち側にカール」

ミズ・ワイス、息をするのもやめたみたいな顔してる。

「カール、あたしのおっぱい、口に入れてさ。べつにおかしかない。ふつうだよ。でも、あれがはじまったの、あの日だったと思う。その前のこと、なんも覚えてないからね。あたしゃ、暑かった。カール、あたしのおっぱい吸って。あたしゃ、目ぇつぶって。見なくっても、あの人のあれ、かたくなってんのがわかった。すごい惚れてたからね」

やれやれ、あたし、頭のいかれた変態に育てられたってわけだ。

「あの人、あたしにのっかった。わかるだろ？」

わかるもんか。ちゃんと説明してよ、うすらとんかち。

「あたしの上にいてさ。そいで、プレシャスに手をのばすんだ！　指で、またぐらをさするんだよ。カール、なにしてんの！　って、あたしゃ言った。そしたら、だまれ、でかけつ、ってどなるのさ。この子のためにもいいんだ、って。そのうち、あたしからおりて、パンパースぬがせて、自分のナニを、プレシャスにつっこもうとした。それが、あそこにもうちょっとで入りそうになるから、おどろくじゃないか！　へんな赤んぼだって、そのとき思ったよ。あたしゃ、やめな、カール、やめな！　って言った。あたしにのっかってほしいのに！　この子が痛がるようなこと、してほしくなかった。この子に、なんもしてほしくなかった。あたしの亭主を、あたしだけのもんにしたかったんだ。だから、プレシャスがなにされても、それをあたしのせいにゃできないよ。あたしゃ、カールに惚れてた。ぞっこんだった。あの人、この子のとうさんで、だけど、あたしの亭主なんだからね！」

ミズ・ワイス、今度はあたしのほう見る。「プレシャス、このことを日誌に書いたんでしょう？」

「このことも、ほかのことも」

「この子、詩も書くんだよ。イーチ・ワン・ティーチ・ワンの先生が言ってた」と、かあさん。九十九パーセントどころか、百パーセント頭がおかしいかあさん。

「きょうのこの面接で、少し見せてくれる気はない？」

「ない」

「どうして？」

「日誌は、完全に自分だけのものだって、ミズ・レイン言った。人に見せたければ、見せる。見せたくなければ、見せなくていい。あたし、見せたくない」

あたし、出ていく。午後四時四十五分。上へ！　一、二、三、四、五、六、七、八段。かあさんが憎い。くそよりひどいよ。近くにいると、あたし、自分がゼロみたく感じる。マイナスのゼロみたく。外へ行かなくちゃ。

寮母さんのいる調理場へおりてく。「ミズ・ママ！」

「わめくのはおやめなさい！　どうしたっていうの？」

「アブドゥルを保育室から引き取って、ミルク飲まして、相手してやっててくれない？　《前向きの肉体《ボディ・ポジティブ》》の会合からもどってくるまで」

「今夜は、あなたの番じゃなか――」

「おねがーい、どうしても行きたいの！」

「お母さんとの面接は、どうなったの？」

「『プレシャスがなにされても、それをあたしのせいにゃできないよ。あたしの亭主を、あたしだけのもんにしたかったんだ！』」かあさんの口まね。

「あたしの亭主を、あたしだけのもんに！　歴史の教科書に載せたくなるようなせりふね。いいわよ、あの悪たれ坊やは見ててあげる！　六時半までには、まだたっぷりあるから、駆け出していく前に、少し腹ごしらえしといたら？」

「日誌をもってって、バスんなかで書こうと思ってたんだ。地下鉄には乗らずに」

寮母さん、ポケットからブルーの小銭入れ出して、どっかのかたぶつ《ブルー》のおばあさんみたく古いその小銭入れから、三ドルくれた。あたしんなかで、なにかが破ける。泣きたいけど、泣けない。あたしんなかで、なにかがびりびり裂け続けてるんだけど、泣けない。あたしの命の力、どれぐらいだろうって思う。あたしんなかの、細胞や、蛋白質や、中性子や、かみの毛や、まんこや、目ん玉や、神経組織や、脳みそや、なにもかも全部の力。あたしには、詩がある、息子がいる、友だちがいる。あたし、生きたくてたまんないよ。かあさん見てたら、生きられないかもしれないってこと、思い出した。お日さまかくす雲みたく、体んなかにウイルスいる。いつなのか、どうやって来るのか、わかんないし、長く長くもちこたえられるかもしれないけど、でも、いつかはきっと雨になる。

あたし、泣きだしたけど、それは腹が立ったからだ。ミズ・ママ、あたしの顔をふいて、また二ドルくれた！

「うわあ、もっとしょっちゅう泣かなきゃね！」

「ばかなこと、言ってないの！　さっさとお行きなさい！」

あたし、ジャケットとサングラスとってきた。この宿の人間、みんな、〝回復〟のために会合に行く。あたし、なにから回復するんだろ？　ヤク中でもないのにさ。ときどき、すごい腹立つよ。かあさん、あたしの人生を、ごみみたく、どぶに流しただけだ。あと始末、全部自分でしなきゃなんなかった。

「ノートを忘れちゃだめよ」と、ミズ・ママ。

あたしが詩を書くの、だれでも知ってる。みんなの見る目がちがう。あたし、外に出た。雨ふってる。上等だよ。

いい会合だった。ＨＩＶ陽性の、十六歳から二十一歳までの女性の集まり。ミズ・レイン言ってたけど、いちばん頼りになるのは、おんなし船に乗ってる仲間だ。あたし、文集に、自分の人生の話、書きはじめてる。クラス終えて、ＧＥＤに進む前に、しあげたい。

先週、博物館に行った。くじらがまるまる一頭、天井からぶら下がってた。おっきいなんてもんじゃない！　そうね、かぶと虫みたいな形したフォルクスワーゲン、見たことある？　うーん、だったら、わかるよね。しろながすくじらの心臓が、ちょうどあれくらいなの。むちゃな話だけど、あたしにあんな心臓があったら、もっと愛せるんだろか？　ミズ・レインを、リータを、アブドゥルを。

そうなったらいいな。

アブドゥル、検査受けた。あの子は、ＨＩＶ陽性じゃなかった。こんなことあると、ロンダ言うみたく、ファラカン言うみたく、神さまはいるって気分になる。でも、自分のこと考えたら、『カラー・パープル』でシャグが言ったことに、どんどん近づいてく。神さまは白人じゃなくて、ユダヤ人やアラブ人でもなくて、かといって黒人でもなくて、ひょっとしたら男でもないのかもしれない。今だって、ダウンタウン歩いてると、あの人たちのいい暮らし見えて、あたしたちの暮らしも見える。空き地で一個のホットドッグ分け合うホームレスの人たち、魚をもったキリストみたく見える。あたし、娘を生んだときのこと、思い出す。看護婦さん、やさしくて——あんなのが全部、神さまじゃないのかな。『カラー・パープル』で、シャグが、それはむらさきの花の〝魔法〟なんだって言う。あたし、感じるよ。シャグが言うような花、一度も見たことないけど。

ＨＩＶ陽性になったことは、うれしくない。なんで、上等の学校やかあさんやとうさんもってる子がいて、そうじゃない子がいるんだろ。だけど、〝なんで、あたしだけ〟って文句たれるのやめて、つぎにやること考えなって、リータが言ってた。あたし、つぎになにやるか、わかんない。ＴＡＢＥテスト、も一度受けて、今度は七・八だった。ミズ・レイン、大飛躍よ！　って言う。階段を一段のぼるんじゃなくって、ぴょーんと上まで飛んでったみたいって！　この点数がどれぐらいのもんかっていうと、読む力が七年生か八年生のレベルまで来たってことね。最初のテストは二・〇で、つぎが二・八だった。二・〇のころって、ほんとひどくて、なんにも読めなかった（答えぜんぜん書かなくても、二・〇もらえるんだ）。あたし、高校のレベルまで行って、それから大学のレベルまで行かなきゃなんない。それができるってことはわかってる。ミズ・レイン、うまくいくから心配するなって言ってた。あたしには、まだ時間がある。

きょうは日曜で、学校も会合もない。あたし、〈前進の宿〉の娯楽室で、おっきな革のいすに、アブドゥルだいてすわってる。まどからのお日さまの光、アブドゥルにはねかかり、アブドゥルの本にはねかかる。『黒いBC』って本。この子ひざにのっけて、世界を見せてあげるの、あたし大好き。こんなふうにお日さまの光浴びてると、この子、天使みたい。茶色の日ざし。そして、あたしの心、いっぱいになる。痛い。一年？　五年？　十年？　体いたわれば、もっとかもしれない。そのうち、治療法見つかるかもしれない。だれにわかるだろ。だれが研究してんの？　この子の鼻、こんなにきらきら、目もきらきら。あたしのきらきら茶色の子。この子の美しさのなかに、あたしが見える。あたしのイヤリングひっぱるのは、空想やめて、お昼寝前に本読んでちょうだいって合図。さあ、読みましょ。

人生の話
——わたしたちの学級文集——

高等教育代替機関イーチ・ワン・ティーチ・ワン

リーディング１　月水金・午前９時～12時

講師　ブルー・レイン

毎朝のこと

プレシャス・ジョーンズ

毎朝
あたしは
詩を書く
学校に
行く前
メリーさん、羊かってる
けど、あたし、子どもと
HIVもってる
どっちもあたしのあとついて
学校行くよ
いつの日か。

朝

プレシャス・ジョーンズ

朝の日課
六時に起きて
歯をみがき、きがえして
アブドゥルの歯、顔、ちんちん洗い
きがえさせて
子どもたちの朝食時間
ふたりでキッチンへ行き
アブドゥルの朝食こしらえる
あるもの組み合わせて
赤んぼの
体にいいもの
オートミール

あらびき小麦フレーク
ライス・クリーム
アップル・ソース
　か、エッグ・トースト
　ベーコンはアブドゥルに食べさせない
アブドゥルにキスをして
　ほかの女の人にわたす

日課、こ
　　　わ
　　　　れ
　　　　　る
大急ぎできがえして
　お茶をいれ（コーヒー好きじゃない）
　教科書つかみ
　　　歩きだす
朝が街をぬらしてる

すっかりかれた並木のなかに
緑のダイヤの
ひみつのたくらみ
葉っぱというダイヤ。

あたしの人生

リータ・ロミオ

あたしたちの家はアパートで、きれえな家具いっぱいあった。ベルベットのカウチにレースのカーテン、マリアさまの像、ろうそく、シャンデリア。おかあさんは巫女のような人だった。キューバの霊媒みたいに、海に貝や黄色い花投げたりするんじゃなくて、どっちかというとジプシーみたいに、カードや水晶の玉つかう。うちには、いつも人が出入りしてた。キャラメルやサワーボール
くれたり、頭なでてくれたりする、やさしい人たち。おかあさんの肌は茶色かった。とび色っていうの？　プエルトリコ人は色の名前、百万くらいもってるみたい。けど、あたしの目にも、みんなの目にも、おかあさん美人だった。だれに似てるかというと、ずっと昔の映画スターで、見たことあるかな、ドロシー・ダンドリッジ——その人にマミは似てて、でも、マミのかみの毛、黒い川みたいに、たっぷり長く背中にたれてた。目は、いつも思うけど、マミの目はオリーブの実。黒く光ってこっちを見てるけど、食べちゃえそうなくらいみずみずしい。もしかして、ふふふ、マミの目食べちゃえたら、水晶の玉見れるかもしれない。

おとうさんは毎日いっしょにいたはずだけど、正直言って、あんまりおぼえてない。白人だということは知ってる。だって、自分で言ってたし、あたしにも、おまえは白人だと言ってた。あたしはおとうさんみたいじゃなくて、ママみたいになりたい。おとうさんはただの脳みそ白くされたプエルトリコ人だって、ママ言ってた。おとうさんはトレモント街に工場もって、こわれた車なおしてた。ママがくれるのは、ビーンズ・アンド・ライス、ロースト・ポーク、甘いタルト、ミサに着ていくピンクと黄色のレースのワンピース。おとうさんがくれるのは、どなり声ばっかり。しずかにしろ、しずかにしろ、おかあさんがここそうじするの手伝いなさい、まるでごみためだ、こんなにちらかして、英語でしゃべりなさい、英語でしゃべりなさい、英語でしゃべるんだよ。おとうさんのせいで、あたし、スペイン語しゃべれない。おとうさんはママに、英語を話すんだ、英語を話すんだ、子どもたちに英語でしゃべらせるんだっていう。おまえみたいな、仕事もできない淫売《プータ》に育てるつもりか、って。色ぐるいの淫売め、おれがせっせと働いてるあいだに、おまえがあの男どもとなにやってるか、知ってるんだぞ。現場を見つけたら、殺してやる。いいか、殺してやるからな。それから、おとうさんはあたしをつかんで、あたしのうで自分のほうへひっぱって、見ろ、見ろ。ほらな、おまえは白人だ。おまえは黒んぼでも、焦げ茶でも、淫売でも、色ぐるいでもないんだ。おとうさん、頭おかしくて、言ってることわからない。マミはそうじゃない。おとうさんはマミに、「うちの子どもたちは白人だ!」とどなる。マミはただおびえた顔するだけ。

　あたしが六さいのとき。部屋のかべ、えび茶色だった。白いレースの布かけたベルベットのカウチも、おんなし色。すごいきれえで、あたし、大好き。まんなかに、黒っぽい木のテーブルあって、水晶の玉のっかってる。まどには、レースのカーテン。ブラインドおりてる。なかにあるもの、きれえだけど、外はただのれんがのかべ。テーブルに、コップがひとつある。へりのとこが緑で、あたしの好きなコップ。水晶の玉、大きい。マミ、そのテーブルにすわって、黒いかみが背中にたれ、くちびるは映画スターみたいに赤くて、オリーブ油みたいに黒い目であたし見てる。サワーボール、あたしにくれる。あたし、大好きなの。口のなかでとけてくのが。ちょうどとけたころ、マミが、さあ、さあ、黒い子《ネグラ》、だれか来るわと言う。それは、まゆのあいだにしわ寄せたお客さんが、死んだ人のことや、刑務所にいる人のことや、よその人のとこに行ってしまった人のことを、スペイン語で話しに来るという意味。

だけど、サワーボールの味、あたしの舌に死ぬまでのこる。ドアから入ってきたのは、おとうさん、おかあさん《マミータ》と言わずに、〝すべた〟と言った!

おれの目をふし穴だと思ってるのか。おまえの腹のなかは、お見とおしだ。わかってるんだぞ、淫売！　そして、おとうさんはズボンからピストル出して、バン、バン、バンとマミをうった。マミの脳みそ、頭からとび出して、あいた口からそこらじゅうに血、血、血。頭にオリーブの実ぶらさがってるみたいで、人間ががけにしがみついてるみたい。マミはなんにもしゃべらずに、いすから落ちて、ごぼごぼって音たてて、口からもっと血を出した。服も、かみの毛も、カーペットも赤。おとうさん、そこに立ったままで、声あげて泣きだした。

目つぶると、プエルトリコ見える——いつもいつも、海の水、ブルーの宝石で、ヤシの木に、マンゴ、ウィリー・コローンみたいな音楽。でも、いちども行ったことない。ここで生まれずに、あっちで生まれたら、あたし、ちがってたかな？　こっちじゃなく、あっちだったら、おとうさん、マミ殺したかな？　どうちがうの？　あっちに帰る？　いちども行ったことない国に？　エイズのことやなんかがあるから、こっちのほうがいいよ。こっちのヤク中の治療、ろくなもんじゃないけど、プエルトリコよりましだって、にいさんが言ってた。にいさん、あっち行って、死んだ。あたし、友だちやなんかも、こっちにいる。

ミズ・レイン、雨《ルヴィア》という名のセニョーラ、あたしにもっと書きなさい、人生のこと書きなさいと言う。テープレコーダーにもっとしゃべったら、先生がそれ書きとめてくれると言う。なんの人生？　里親、レイプ、クスリ、売春、ＨＩＶ、刑務所、更生しせつ。みんな、そういう話ききたがる。もっと話して、もっと話して、麻薬中毒の売春婦ってどんな気分か、もっと、もっと、もっと！　淫売ヤク中淫売ヤク中。だけど、あたしは自分の話したいこと話すよ、あたしの本なんだから——あたしたちのアパート、すてきなとこで、ベルベットに、レースのカーテンに、水晶の玉。あたし、いちど、黒い川みたいなマミのかみに手入れて、マミの目、キャラメル色のはだ、赤い映画スターのくちびるを見上げて、マミの香水、ピンクとむらさきの夢みたいで——おしえて、マミ、どうやって見るの？　水晶の玉のなかになにがあるか、おしえてよ。マミ、じっと玉を見て、それから言った。おおお、黒い娘《ネグリータ》、あなたは知らないほうがいい。

あたしが小さかったとき

ロンダ・パトリース・ジョンソン

あたしが小さかったとき、家族みんな、ジャマイカに住んでた。家族は、あたし、弟、おかあさんとおとうさん（マーとパップってよんでた）。なにもかもうまくいってたけど、パップが死んで、お金なくなったから、アメリカにひっこしてきた。あたしの悩みも、そのときはじまった。なにが悩みかって、言いにくいけど、それは弟のこと。

おかあさん、七番街にレストランひらいた。百三十二丁目と百三十三丁目のあいだの、西インド料理テイクアウトする店。あたし、朝起きてから、夜ねるまで、そのレストランで働いてた。学校にも行かなかった。読み書きは少しできたけど、こっちへ来たとき、もう十二さいで、ジャマイカにいたときから、ずっと学校行ってなかった。それで、おかあさん、もうすぐ一人前になっちまうのに、勉強なんかしてなんになるって言った。だけど、弟のキンバートンは学校行った。キンバートンには、たくさんのもの与えられた——服、自転車、コンピュータのおもちゃ。年は、あたしよりひとつ下。あたしは調理場で、なべ、フライパン、鉄板、なんだって洗う！ハンツ・ポイントの大きな市場に、マーといっしょに行く。レキシントン街の青空市場《ラ・マルクエタ》にも行く。豆とライスの煮込み、カリブ風のパン、白身魚のケーキ、ヤギ肉カレー、なんだって作る！店で食べる人のために、店先のまどの近くに、小さなテーブル、ふたつおいてある。あたし、そこの給仕もする。

あたしが十四のとき、キンバートン、手を出してきはじめた。ほかになんて言えばいいか、わからない。

「マー、キンバートンが手を出してくるの」

「なにを言ってるんだい？」

「やらしいことするの」

「あんたがあの子のコンピュータのおもちゃさわんなければ、あの子もあんたの人形さわんないよ」

それは、ジャマイカであったこと。キンバートンが、あたしの人形の頭やうでちぎった。今やってるのは、それとちがうんだ。体の大きさ、あたしも弟も同じ。あたし、抵抗しようとする。あたしたち、同じ部屋でねむってる。あいつは、あたしがねむるまでまってる。あたし目をさますと、あいつが生まれたままのすがたであたしの上に立ってる。あれが、ろばのあれみたい。そんなもの、あたしほしくない。あたしのはだ、あれてる。あれのせいかどうかは、わからない。なんキロも太った。むかしから、あたし、おとなしくて、今でも、相手がしゃべらないとなんにもしゃべらない。

十六のとき、もういっぺんマーに話した。キンバートンは十五だけど、中学飛び級して、もう高校の二年。医者になるつもりらしい。「お医者さんになるんだよ！」って、マーが言ったんだ。「なんのために、あたしが働いてると思ってるんだい？　あんたをタクシーの運ちゃんにするため？」あたしも心のなかで質問する。あたしはなんのために働いてるの？

「マー」

「なによ！」

「キンバートンが、夜中に……せまってくるの」なんて言っていいか、あたし、わからない。きょうだいどうしのことなんだから、レイプとは言えないし。

「せまってくる？　なんの話をしてるんだい？」

「わかるでしょ、その……」

「いいや、わからないね！　はっきりお言い」

「夜中にあたしのベッドに来て、あたしとセックスするの」

おかあさん、しずかに、しずかになる。やぎ肉のカレーぐつぐつ煮えてるにおい、豆とライスのにおいしてくる。冷蔵庫のガラスのとびらの向こうに、ジンジャービール、セブンアップ、コーク、モービのびん、ならんでるのが見える。
「ちゃんと、わけがわかるように話してごらん」

あたし、話した。

おかあさん、今すぐこのうちから出てけって言った。そんなこと言っても、マー！ とっとと出てけって、おかあさん、がなりだす。あたしの息子になにをしてくれたんだ！ うすぎたないめすぶた！ こそどろの淫乱むすめ！ あたし、ショックだった。今でもたぶん、ときどきそのショックをひきずってるよ。

だけど、そういうこと、あるんだよね。人間がどんなときにどうするかなんて、予想が立たないってこと、なん年ものあいだにわかってきた。常識で考えたら、マーはあたしの味方するはずだよ。母とむすめだもん。でも、そうはならなかった。年上のあたしが弟を止めなくてどうするんだって、マーはがなってた。あれはきっと、キンバートンがいつかりっぱな医者になって、一日二十四時間週七日の労働からすくい出してくれるって思ってたんだ。そして、つらい思いをするのは、キンバートンの役目じゃない、って。

第二部
あたしがおとなになってから

あたしはいま二十四さいで、おかあさんの家と〝さよなら〟してから（あれじゃ、さよならするしかないよね）八年たつ。キンバートンは、歯医者やってる。ううん、やってた。もしかしたら、裁判に勝って、今でもやってるかもしれない――わかい女の患者の両親に訴えられたんだ。歯の治療してるときに、患者のあそこに指を（それだけですめば、かわいいもんだけど）つっこもうとしたんだって！　よくやるよ。この話、マーがきかせてくれた。たずねていったんじゃなくて、街で、買いものしてるマーとばったり会った。まるであたしが、結婚して家を出てったむすめか、看護学校の寮に入ったむすめみたいに、あたしたち、ふつうに話した。あたしはただ、それに合わせてた。ぜんぶうそっぱちだよって、マーは言う。あの女の両親は、うちの子から金をせびりとろうとしてるんだよ、って。でも、あたしが思ったのは、ねらう相手まちがえたんだなってこと。だれかれかまわず手出して、いつも見のがしてもらえるわけないじゃない。

宿なしになって最初の二年間が、いちばんひどかった。マーの店では、なんでもやってたけど、どうやって仕事を見つけるかは、ぜんぜん知らなかった。福祉課に相談するなんて、とても、とても！　だから、あたし、ただ通りに出た。男の人とバーへ行って、お酒飲んで、いっしょに家までついてって、うまくいけば、そこでひと晩すごす。あれが終わったあとで、帰れって言われなければ……。そんなことを、五人だったか五十人だったか百人だったかの男とやってるうちに、あたし、げんなりしてきた。あたしはたくましい女で、外見からもそれはわかると思う。アメリカ人の言う赤毛の猟犬《レッドボーン》、ジャマイカ人なら、こいつにゃ色があるって言うかな。百七十センチで、がっしりしてて、見る人によってはでぶ。キンバートン（茶色いはだしてる）は、あたしのこと、どういうつもりか、突然変異みたいだって言ってた。でも、あたし、数もわすれるぐらいの男とつきあったあと、気もちばらばらになってきて、男がみんな、へんなふうに見える。男たちのひふから虫がうじょうじょ出てきて、それが小さなペニスにかわって、だからもう、ハーレムの歩くでち棒たちにはうんざり。どこに行っても、さすってくる手があって、でち棒がこっち来い、こっち来いってよんでる。あたし、収容施設にはいられない。あんな頭のねじはずれた人間ばっかりのとこ、いやだ。だから、ただ街をうろついて、あちこちで小銭をかき集める。ある男の人が、ＹＭＣＡに一週間泊まれるぐらいのお金くれて、福祉課へ行きなさいって言った。あたし、行ってみたよ。あそこの人間たち、すごいいじわるで、あたしをたくさんの場所に行かせて、たくさんの書類をとってこさせようとする。あたしが手に入れられないものばっかし！　出生証明書なんて、おかあさんにたのまなきゃとってこれるわけないけど、自分が生まれた場所なら知ってるよ。ジャマイカのキングストン。一九六三年の九月二十二日。福祉なんか、くそくらえだ。くるってる。あたし、役所をとび出してきたけど、その前に、白人女の鼻をつぶしてやった。そいつはあたしに、社会保障カードをとってこいって言った。あたし、カードの番号を口で言ったけど、カードが必要だから、本庁に行ってコピーをもらってきなさいってさ。道をきいて、ダウンタウンまで行って、そいで百二十五丁目までもどってきたら、その女、コート着て、きょうの仕事終わったから、うちに帰るって言う。これ以上ないぐらい、すずしい顔して！　あした来なさい。そしたら、すぐに処理してあげるから、って。なに言ってるか、自分でわかってるんだろうね。もうひと晩、死神のとなりでねむりなさい。公園のベンチでも、地下鉄でも、ビルの屋上でも、どこでも好きなところでねて、こごえて、刺されて、レイプされなさい。わたしは家に帰りますから、ってことだよ。あたし、飛びかかっていって、思いっきりなぐりつけてやった。ぐしゃっと鼻のつぶれる音、部屋じゅうにひびくくらいに。

ＹＭＣＡで会ったトリニダード出身の女の人、ブライトン・ビーチで白人のおばあさんの世話してたんだけど、アッパー・ウエストサイドのお医者さんの子どもたちを公園までつれてく仕事見つかったから、それやめなくちゃならないって話をした。そのあとがまに、あたしをすいせんしてくれるって。社会保障カードやらなにやら、必要ない仕事。

あたし、それで、変形性なんとか症のおばあさん、頭の中身も同じくらい変形しちゃってる白人のおばあさんのとこで、働くことになった。はだの黒い人間をにくんで、しょっちゅう「あんたたちはああだ」「あんたたちはこうだ」って言ってる。スヴォルトクラウスなんて名前のむすめの話ばっかりするの！「きょうは、スヴォルトクラウスはちょっとおそいね」って、いったいなんのつもりだろう。でも、自分で動けない年よりなんだから、たいていのことはゆるしてやった。顔にまくらかぶせて、ちっそくさせたって、だれにもわからないだろうし、だれも気にしなかったと思う。けど、自分はごまかせないし、それに、仕事なくなってもこまる。あたしがやめたのは、そのばあさんがあたしに向かって、おまるを投げつけた、っていうより、投げつけようとした（ところが、自分のほうに中身をこぼしてしまった）ときで、なんでそんなことしたかっていうと、会いに来るって言ってた孫が来なかったから。その孫は、おばあさんのお金でニューヨーク大学の医学部を出たんだって。おばあさん、かんかんにおこってたね。

あたし、また福祉課に行った。こんどは、お金か刑務所かだ、って自分に言いきかせてた。プエルトリコ人も、黒んぼたちも、みんななにかをもらってる。白人だってそうだ。なんで、あたしだけ、なにももらえないの？

警備員たちにとりおさえられたとき、あたしの両手の親指、あの白い悪魔ののどにぐいぐい食いこんでた。おい、おい、気をしずめなよ、ねえさん！　あたし、あんたのねえさんじゃないよ！　なにもかもが赤くて、あたし、この白んぼの息の根止めてやる！　警備員たち、あたしを四人がかりでひきはなした。でも、刑務所には入れられなかった。それどころか、仕事がもらえた！　黒人のひとり、自分のつくえももってないような人が、だれかの名前と住所書いたカードくれて、ここへ行きなさいって言った。体にいっぱいくだつけてる白人のじいさん、世話する仕事だった。悪いじいさんじゃないけど、いやらしかった。しょっちゅうペニス洗ってもらいたがる。どのかべにも、ほんと全部のかべに、写真がはってあって、それがマイケル・ジョーダンの大きな写真なの。そう、十六のかべに、十六枚のマイケル・ジョーダンの写真。

だけど、お金はくれた。バスルームつきの部屋にも住めて、だんだん生活がよくなってきた。と思ってたら、そのじいさんが死んじゃった。それからしばらくは、すごいきつかった。三日以内に家賃払えないなら、部屋を出てけって言われた。どうしろっていうの？　あたし、ただじっとしてるの、好きな人間じゃない。じっとしてたら、たたき出されるだけだよ。大きな大きなごみぶくろ二枚もって、ごみ箱からごみ箱へと、アルミ缶集めはじめた。ふくろいっぱいにするのに、だいぶ時間かかる。ハーレムでびんや缶集めるの、競争相手が多いからね。でも、あたしはたくましいし、必死だった。かぶと虫かなんかみたいに、前かがみになって、黒いでっかいごみぶくろ、背中にふたつかついで歩いた。アダム・クレイトン・パウエル・ジュニア大通りまで来た。いつもは、この通り、歩かないようにしてる。だって、マーのレストラン〈ロティ・ン・モア・テイクアウト・オア・イート・イン〉があるとこだから。でも、きょうはかまわない。また宿なしになりたくないもの。こんどそうなったら、もう立ち上がれないと思う。なんとかしなきゃ。

というわけで、この大通りの百三十四丁目あたりから、ごみ箱をつぎつぎのぞきながら、百三十三丁目に向かってた。〈ロティ・ン・モア〉の前、すぎた。目を上げると、まどに〝貸します〟のはり紙あって、はり紙の横にキンバートンいた。目が合った。あっちはぎょっとした目で、あたしのほうは、あら、ひさしぶり！　弟のこと考えると、いつもさいしょに浮かぶのは、レイプの前のことで、そのあとの記憶はもやがかかってる。今、前かがみになって、両手で黒いふくろつかんでるあたしを見て、キンバートン、おそろしそうにあんぐり口あけた。あたし、自分のこの両手が、ココナツすりつぶしてたこと、米といでたこと、豆かきまぜてたこと、ぎとぎとした冷たい水でなべ洗ってたこと、じいさんのペニスからカテーテルひっこぬいてたこと、ミセス・フェルドのしみだらけのお尻からうんこぬぐってたこと、思い出す。キンバートンを見つめかえした。はずかしくなんかない。このなん年か、あたし、死んでもおかしくない生活してたんだよ。あっつい怒りがあふれてきた。キンバートンの目、あたしの頭のなかで放射能みたいに光ってて、あのはえみたいな目、あの両手、なん年も、あたしをベッドにおさえつけた。なん年も。キンバートンが戸口まで来た。値の張りそうな服着て、りっぱに見せたいんだろうけど、場ちがいで、やせっぽちで、すすけて見えるだけ。いっぱしのアメリカ人を気どってるのに、そうは見えない。あたし、にらみつけてやる。これが、実の姉をファックして、ばつも受けなかった男だ。これが、十六で高校を卒業して、歯学部に行った男だ。親族とジャマイカ人の名誉だって、マーが言ってた。でも、あたしは親族でもジャマイカ人でもないわけ？

「なんの用だい？」キンバートンが言う。

　あたし、しゃべらない。

「マーはもう、お墓のなかだよ。ねえさんの居所、見つからなかったから、知らせられなかった」

　マーが死んだ？　もやがあたしにふりかかってくる。キンバートン、近づいてきて、財布から百ドル札一枚ぬき出した。それを受けとるには、あたし、ごみぶくろをおろさなきゃならない。キンバートンの足もと見ると、オレンジ色の革ぐつ、つま先がばかみたいにとがってて、それから頭のてっぺんを見ると、もうはげかかってる。

もやで出口が見えなくなる前に、歩きだしたほうがよさそうだ。キンバートン、とんまなこと言いながら、うしろについてくる。「ねえさんのこと、みんなで心配してたんだよ」って。その声、しょぼたれた雨みたいに、もやの上からふってくる。「ねえさんだって、ぼくと同じぐらい楽しんでたじゃないか!」よくも言えるもんだ。あたし、歩きつづける。まだまだ先は長いんだもの。

給食所で会ったアジア人の男、青少年救済センターの人だけど、あたしに働く気あるの知って、東ハーレムにあるオフィス・ビルの清掃の仕事、世話してくれた。あたし、戦前にたてられた大きなアパートもってるうす茶色のはだの男から、コンヴェント街に部屋を借りた。その人のおかあさんの時代に、マーカス・ガーヴィーに部屋貸してたんだって。あたし、ききたいのは、マーカス・ガーヴィー、ストーブもってたの? あたし、そのアパートで、このクラスのリータ・ロミオと会って、この学校のことをきいて、だからこの文集に書いてるわけ。

以上、終わり、じゃない、はじまり。

ハーレムのタチ

ジャーメイン・ヒックス

なんで男になりたがる？
なんでなりたがるの、男に
男に
なんで男に
なりたがるんだろ？
なんでまた
男に
男に
男に？

ねえ、わたしは一度も、男みたいな格好しようと思ったことはないの！　そんなまねして、どうなるというの？　わたしは自分自身のような格好をしていただけ。

わたし自身。

七歳のとき……

「急ぎなさい！　着替えないと、学校におくれるわよ！」かあさんがどなっている。かあさんは、八時までに家を出ないと、雇い主の白人女性の家に時間どおり着けない。とうさんは、午前六時にはもう出かけている。毎朝のこと。わたしは、二段ベッドの上の段から、にいさんの空っぽのベッドを見おろす。もつれてねじれた灰色のシーツが、うすぎたないブルーのポリエステルの毛布の下からのぞいている。茶色のコーデュロイのズボンが赤旗になって、あたしの七歳の魂になにか合図を送ってきた。わたしは上の段から跳びおりて、そのズボンを取り、はいてみた。それが十七年前。自分のズボンじゃなかったけど、自分のものであるべきだという気がした。一本の川みたいに、心の深い奥底を流れる感情を、どうやって説明できるだろう？　川がまちがいを犯すことが、ありうるだろうか？

「そのズボン、ぬぎなさい！」

「いやだ！」

「それは、おにいちゃんのズボンでしょ」

「わたしもほしい」

「女の子らしくありません」

「だから、なんなの？」

「まちがってます！」

「なぜ？」

川がまちがいを犯すだろうか？

わたしのクリトリスをふくらませ、わたしを満たす川が。

ミズ・レイン、川ってね、なにが川を走らせているの？

「えっ？」

川を走らせて、動かしているものはなに？

「さあ、ちゃんとはわからないわ。大学で、川の勉強なんてしなかったから。そうね、たぶん、重力の働きとか、川床の地質とか……つまり、雨が降って、その水が上から下へ流れていって——」

川がまちがって流れることって、あるの？

「なんですって？」

流れかたのまちがい。川がまちがいを犯すことはある？

「まあ、氾濫したりとか——洪水やなんか——」

先生、おろおろしている。
そう、ほんとうに、おろおろという感じ。
どうしようもなく、ミズ・レインはおろおろしていた。
「一八一一年に、地震でミシシッピ川が氾濫して、逆流したらしいけど」
前科さえなかったら、わたしは海軍に入って、
いつも水の上、水のなか、だったのに！
(GEDテストは、何か月も前に、ううん、一年前でも、合格できたと思う。わたしがテストを受けないので、ミズ・レインは心配していた。テストを受けると、このクラスから出ていかなきゃならないんだもの)
また七歳のとき…
小便のにおいのする
(七歳のころは、〝しっこ〟と言っていたけど)
階段の下
男の子がわたしをおさえつけて
おちんちんをわたしのなかに
押しこもうとした。
八歳のとき…

わたしの舌を
生まれてはじめて
メアリ＝メイの口に入れてみる
(同じ階段の下で)
九：
わたしの指
十：
わたしの舌を
今度はメアリ＝メイのあそこ
男の子がおちんちんを押しこもうとしたとこへ
入れてみる
十三：
メアリ＝メイの部屋で
抱き合ったまま
かべに背中押しつけられて
それからふわっと倒れ
あちこちにピンクのほてり

シュニール織のベッドカバーの上で
わたしの指はA列車
彼女の暗いトンネルを
けたたましく駆けぬける
わたしたちは――
パパ！　パパ！
来てよ、メアリ＝メイとジャーメインが
こんなことを！
レズへんたいレズへんたいレズ共食い
共食いレズ共食いレズ共食い共食い共食い
声がだんだん
地下鉄のアナウンスの合成音になって
耳ざわりなくらい大きく
そこまでは予想していたけど
ある晩、メアリ＝メイのおとうさんがわたしをつかまえて
男がどんなものか、女がどんなものか
体で教えてくれた

その新しい知識とひきかえに、
前歯が一本なくなった
医者がうちのおかあさんに告げる
暴行のあとがあります
だれにやられたか、わたしは言わない

今まで一度も、この話を人にしたことはない。相手の知ったかぶった目に、「ああ、それでか！　ようやくわかったよ！　そんなことがあったのなら――」と言いたそうな光が浮かぶのを、見るのはとてもいやだから。

ちがう！　わかっちゃいない！　ちょうちょみたいに手づかみにされる前から、わたしの羽はもげ落ちていた。いろんなことが起こるその前から、わたしはほかの子の蜜のつぼに指をすべりこませて、太ももの内側をなめていた。男のせいでこんなふうになったんじゃない。何かのせいでこんなふうになったんじゃない。わたしは、生まれたときからレズのタチなの！

十四のとき……

おかあさんは信仰活動の人だった。ほかにどう言えばいいのか。歩く教会。起きてから寝るまで、一年中無休のクリスチャン。わたしはうんざりする。イエスさまがどうの、マリアさまがどうのって、いいかげんにしてちょうだい。

うちは核家族だけど、貧乏だ。

家族は四人。

おかあさん、おとうさん、にいさんとわたし、白いフォーマイカのテーブルを囲んですわる。金色の小さなつぶつぶ、白いプラスチックに太陽の光みたいに埋めこんである。朝食のさいちゅうで、メニューは、缶から皿にあけただけのサーディンに、ゆうべの残りの冷たいパン。おとうさんがコーヒーを飲みに立ち、おかあさんが、「ルカによる福音書、九章十六節には、イエスが五個のパンと二匹の魚を取り、天を仰いで――」と言う。そのとき、おとうさんの腕がびっくり箱みたいにひゅっとのびて、聖書をつかみ、それを力まかせにおかあさんの顔に投げつけた。片方の目に当たった。血の赤い斑点ができて、七日のあいだ、広がりつづけた。救急病院に駆けつけたときには、おかあさんもまた、よくいる黒人女のひとりで、もう少し早く来ればなんとかなったのに、こんな状態では、ニューヨーク大学の医学生でも呼んで、あなたがたがどんなに愚かな人種かということを学ばせるしかないでしょう、ってお決まりの診断をきかされる。あなたがたのやるような仕事なら、片目になったって、両目でやってたのとほとんど同じようにこなせるはずですよ。

というわけで、うちのおかあさん――目はひとつ、夫なし、子どもふたり、そして聖書。

パパのいなくなった暗い空洞よりも、メアリ＝メイのおとうさんにレイプされたことよりも、ママの目に放射能を浴びたトマトみたいに広がった斑点よりも、もっと心が痛んだのは、そのあと、D列車で、聖書を頭の上にかざして、きいきい声で演説しているママを見たことだ。「地獄！　あなたは地獄へ落ちますよ！　それがいやなら、イエスの言葉を受け入れなさい！！　神のただひとりの子イエス・キリストの言葉を！！！」列車はスピードを落とさず暗いトンネルに入り、まわりの乗客の目には、あざ笑うような、あわれむような、げんなりしたような表情が浮かんで、ママはというと、チョコレート色の顔に、見えない目玉を、鼻汁の色のビー玉をはりつけたまま、「イエスの言葉を！　イエス・キリストの言葉を！！！」とわめいている。

十七のとき……

わたしとメアリ＝メイがファックしているところへ、ママが入ってくる。わたしたちが愛し合っていること、わからないんだろうか？

そう、ママにはわからない。

口からあぶくを飛ばして、神の名のもとに、悪態を吐きまくる。けがらわしいへどが出るイエスよお助けくださいこんな子に育てた覚えはないけがらわしいけがらわしい。言葉が毒ガスの雲みたいに、わたしたちの裸の体の上をぷかぷかとただよった。それがふりかかってきて、メアリ＝メイの長い褐色の脚に、子どもを生む心配のないすべすべした体に、どす黒いしみをつける。わたしたちのにおいは、甘く鼻をくすぐり、セックスの興奮をたたえたまま、宙にこおりついた。

わたしはメアリ＝メイを愛している。

下着、ジーンズ、シャツ、くつ、と、人間離れしたひとつながりの動作で、わたしは手早く身につけた。メアリ＝メイはぼうっとしている。毒ガスのせいで、恥ずかしい気もちにさせられて、手足がすくんだのだ。わたしたちはいっしょに部屋を出て、それから、うちのアパートメントを出た。メアリ＝メイは自分のおとうさんのアパートメントへ、廊下を歩いていく。わたしはそのまま、表の通りに出る。それっきり、メアリ＝メイには会っていない。

十七歳にして、親もとを離れる。解放された未成年者ってこと。おとうさんの居所を突き止めるのは、むずかしくなかった。クイーンズのちっぽけなワンルームをたずねたら、「好きなだけいてもいいよ」って言われた。でも、夜になって、地下鉄の広告で五百ドルで売っていそうなソファーベッドに、おとうさんがばったり倒れこんでしまうと、わたしはドアのそばにうすいマット敷いて寝るしかない。そこでじっと、おとうさんがオナニーするのをきいていた。わたしが眠っているとでも思ったの？

翌朝、ゆで卵と、サーディンを思い出させるサーモン・ケーキの朝食を食べているとき、床はかたくなかったかときかれた。サーディンのこと考えたら、おとうさんの腕がどんなにすばやくて、どんなに長いかを思い出した。まどからさしこむ太陽の光が、空をおおう赤い血の斑点に見えた。

だから、その朝、わたしはハックルベリー・フィンか何かみたいに、街へ船出して、それからずっとそのまんま――ハーレム、ヴィレッジ、ブロンクス、クイーンズ――、街をすみかにしてきた。バーテンをやり、タクシーを運転し、ビルの掃除もやった。百二十六丁目とマディソン街の角で、三年間、管理人をつとめたこともある。でも、モップを押したり、ほかの清掃人のモップを水にひたしてやったりするより、もっとちがうことをやりたくなった。それで、学校にもどってきた。第一日めから、自分がGEDクラスに入るべきだということはわかっていたけど、あそこのぼんくらたちといっしょだったら、この物語はぜったいに書けなかっただろう。勉強をつづけることも、ぜったいにできなかっただろう。

わたしの顔？　わたしの目、耳？　そんなことについて書いてみたらどうかって、ミズ・レインは言う。じゃあ、六人の男たちのことを書こうか。

あのときは、わたし、十九になっていた。

わたしは抵抗したってことのほかに、何が言える？　それに、相手が六人もいたら、こぶしをふりまわして、殺される前にひとりぐらいなぐってやろうと思うよ。わたしはリータといっしょにいた。いくつかのことは、書くまでもない。たとえば、百八十キロの体重がのっかったげんこつを、まともに目にくらったらどんな音がするか、とかさ。くちびるやほっぺたや鼻がコンクリートにぶつかったら、こわれるのはコンクリートのほうじゃない、とかさ。それから、かみそりの刃の感触。あれは、寒さが底の底まで行っちゃったってやつだね。寒くて、あんまり寒くて、熱く感じるの。レーザー光線でひきさかれているみたいに。

わたしはハーレム病院で目をさました。ママみたいに、片目つぶれて、耳までやられた。でも、聖書はわたしを救ってくれなかった。わたしがわたしを救ったんだ。今でも救いつづけている。男たちのせいで学校へもどったのは、これが二回めだ。今、わたしが銃を持っていないのは、眠っているあいだだけ。そのあいだだって、メアリ＝メイと名づけたこの武器は、すぐ近くにある。

まだ終わっちゃいないんだ！

ジャーメイン

無題

プレシャス・ジョーンズ

雨、ハンドル、バス
自動車
ゆめのなかでだけ
あたし、車もってる
あたしとアブドゥル
映画みたくのっかる
お日さまはきいろい赤い玉
山の向こうからのぼる
その山にはインデアン住んでた
海岸や島
ジャマイカ語しゃべる人たち住んでる
ボブ・マーリー

うた
さいしょわかんなかった
けど今わかる
コンクリート・ジャングル
刑務所の時代
あたしたち住んでる
すくなくとも、あたしは
ほんとには自由じゃない
赤んぼ、母親、HIV
どこにいたい、どこにいたいの？
ここじゃないとこ
ここは一〇二番地
レックス街
あたしには
息をする肺がある
あたし、見れる
あたし、読める

今はだれにも見えないけど
あたし、詩人かラッパーになるかもしれない
水彩絵の具ももってる
あたしの子はかしこい
あたしの子どもたち
生きてる
よその国の
若い女の人
赤んぼ死なせたりする。
ときどき上見ると
鳥たち
ダンサーみたい
それとも
コンピュータの
プログラムみたい
鳥たちのとびかた
見てると胸が

はりさける
バス動いてる
自分の手札で勝負しなさい
寮母さんが言う。
ゆめにしっかりしがみつけ
ラングストンが言う。
ひざまずかずに立ち上がれ
ファラカンが言う。
雨がふる
ハンドルがまわる
かならず韻を踏まなくてもいい
ミズ・レインが言う
ずっと歩いて
詩のなかに入ってきて
この詩の心臓
脈打ってる
まるで

時計みたく
ウイルスみたく
チック
タック。

一九九一

以下の方々の名を記して、謝意を表したい。

スーサン・フロムバーグ・シェイファー、ヴィクトリア・ウィルソン、シャーロット・シーディ、ニーティ・マダン、キャサリン・マッキンリー、ジャクリーン・ウッドソン、エレン・レイ、シーラ・マブリー、イヴ・エンスラー、キンバリー・グッドマン。

〈ミレイ・コロニー〉と〈ライターズ・ルーム〉にも感謝を捧げる。

訳者あとがき

本書が、一九九八年に河出書房新社から刊行された単行本『プッシュ』を改題・文庫化したものである。単行本は、Knopf社から一九九六年に出版された*Push*を底本としたが、文庫化にあたってはVintage Books版（一九九七）も参照した。改題に至る、やや込み入ったその経緯を記しておこう。

新しいタイトル『プレシャス』は、MTV出身の新進黒人監督リー・ダニエルズが『プッシュ』をもとに作った低予算インディペンデント映画のタイトルだ。この映画、プレミア上映時には『プッシュ』というタイトルだったが、同じ時期に『PUSH 光と闇の能力者』というまったく別の映画が公開されたので、混同を避けるため『プレシャス』と改題され、〝サファイア作の小説『プッシュ』にもとづく〟というサブタイトルが付けられた。

全米わずか十八館というごく小さな規模で、二〇〇九年に公開されたこの映画は、前評判の高さから、いきなり破格の動員数を記録し、短期間のうちに上映館数も六百を超えて、なんと六部門で第八十二回アカデミー賞にノミネートされ、脚色賞および、母親を演じたモニークが助演女優賞を受賞するまでに至った。

単行本刊行の時点では、サファイアは映画化の打診をすべて断っていて、訳者あとがきにもそう書いたのだが、十年以上の年月を経て、映画化が実現し、原作もふたたび脚光を浴びる状況になったのは、この作品の持つ強靭な感化力の証しだろう。

完成した映画に対して、サファイアは惜しみない賛辞を呈しながら、「映画化によって必ず失われるものがある」と述べている。この作品の場合、原作はプレシャスが読み書きを覚え、自我を獲得する過程を焦点としているが、それを映像で描くと退屈なものになってしまうだろう、と。逆に言えば、その部分こそが原作の読みどころということになりそうだ。

さて、元々のタイトル『プッシュ』だが、原文では、三カ所で〝push〟という動詞が効果的に使われている。

ひとつめは、プレシャスが第一子を産み落とす間際、自宅で産気づいたときに、駆けつけてきた救急隊員の言葉。

（……）すると、そのひとはゆう。「プレシャス、もう少しだ。いきむんだよ。きこえてるか？　こんど痛みがきたら、それに合わせていきむんだ、プレシャシータ、いきめ」

そして、あたしはいきんだ。

ふたつめは、初めてテレサホテルに入って、エレベーターで十九階にのぼるとき。

（……）ボタン押すんだよ、ばーか、って自分で自分にゆう。あたし、ボタンを押した。ばかじゃないからね、って自分にゆいかえす。

そして、三つめは、プレシャスが精神的に落ち込んで、文集に載せる文が書けないとすねたときに、叱咤し、励ますミズ・レインの言葉。

（……）ミズ・レイン、「それはわかるけど、ここで立ち止まるわけにはいかないのよ、プレシャス、ふんばりなさい」って言う。そいで、あたし、ふんばった。

この「いきむ」「押す」「ふんばる」にあたる単語が〝push〟だ。人生の三つの節目で、プレシャスは逆境に対して身を引かず、押し返した。そして、そのプレシャスの背中をプッシュしてくれる人がいた。

そういう自立と共生の物語。なのに、感動的な訓話の枠に収まらない桁外れのパワーを備えている。言葉のパワー、詩のパワー、フィクションのパワー。

作者のサファイアは、詩人で、黒人で、レズビアン。そう、その人物像はミズ・レインというキャラクターの中に投影されているようだ。実際、ハーレムで代替学校の教員を務めた経験もあって、そこには大勢のプレシャスたちがいたという。

ちなみに、本文中、プレシャスが第百四十六中学にいたころ、英語でAの成績を取っていたという記述があるが、これは公立学校で慣例化している「社会的昇級」という措置で、低学年のクラスに年長の生徒が混じらないよう、たとえアルファベットが読めなくても、強制的に（つまり締め出す形で）進級させてしまうのだそうだ。

プレシャスがほんとうに読み書きを習得するためには、退学させられる必要があったということになる。結果的によかったね、というようなお気楽な話ではない。ぬるま湯の中にいる者には想像も及ばない過酷な現実があり、それを乗り越える屈強な意志の力がある。

プレシャスという名前は、「いとしい子」「貴《とうと》い宝物」という意味を持つ。それが辛辣な皮肉にしか響かないような境遇から、プレシャスは言葉の力で這い上がり、自分で自分を宝物にした。師と仲間という宝物を得た。
貴い物語。ＰＲＥＣＩＯＵＳ！

本書は、一九九八年二月に小社より刊行された
『プッシュ』を改題・文庫化したものです。

Sapphire:
PUSH
Copyright © 1996 by Sapphire/Ramona Lofton
Japanese translation published by arrangement with Sapphire c/o Regula Noetzli, affiliate of the Charlotte Sheedy Literary Agency through The English Agency (Japan) Ltd.

プレシャス

二〇一〇年 四 月一〇日 初版印刷
二〇一〇年 四 月二〇日 初版発行

著 者 サファイア
訳 者 東江《あがりえ》一紀《かずき》
発行者 若森繁男
発行所 株式会社河出書房新社
〒一五一-〇〇五一
東京都渋谷区千駄ヶ谷二-三二-二
電話〇三-三四〇四-八六一一（編集）
〇三-三四〇四-一二〇一（営業）
http://www.kawade.co.jp/

ロゴ・表紙デザイン 粟津潔
本文フォーマット 佐々木暁
印刷・製本 中央精版印刷株式会社

落丁本・乱丁本はおとりかえいたします。
Printed in Japan ISBN978-4-309-46332-2

銀河ヒッチハイク・ガイド

ダグラス・アダムス　安原和見〔訳〕　46255-4

銀河バイパス建設のため、ある日突然地球が消滅。地球最後の生き残りであるアーサーは、宇宙人フォードと銀河でヒッチハイクするはめに。抱腹絶倒ＳＦコメディ「銀河ヒッチハイク・ガイド」シリーズ第一巻！

宇宙の果てのレストラン

ダグラス・アダムス　安原和見〔訳〕　46256-1

宇宙船が攻撃され、アーサーらは離ればなれに。元・銀河大統領ゼイフォードとマーヴィンがたどりついた星で遭遇したのは⁉　宇宙の迷真理を探る一行のめちゃくちゃな冒険を描く、大傑作ＳＦコメディ第二弾！

宇宙クリケット大戦争

ダグラス・アダムス　安原和見〔訳〕　46265-3

遠い昔、遙か彼方の銀河で、クリキット軍の侵略により銀河系は絶滅の危機に陥った――甦った軍を阻むのは、宇宙イチいい加減なアーサー一行。果たして宇宙は救われるのか？　傑作ＳＦコメディ第三弾！

さようなら、いままで魚をありがとう

ダグラス・アダムス　安原和見〔訳〕　46266-0

十万光年をヒッチハイクして、アーサーがたどり着いたのは、８年前に破壊されたはずの地球だった‼　この〈地球〉の正体は⁉　大傑作ＳＦコメディ第四弾！　……ただし、今回はラブ・ストーリーです。

ほとんど無害

ダグラス・アダムス　安原和見〔訳〕　46276-9

銀河の辺境で第二の人生を手に入れたアーサー。だが、トリリアンが彼の娘を連れて現れる。一方フォードは、ガイド社の異変に疑問を抱き――。ＳＦコメディ「銀河ヒッチハイク・ガイド」シリーズついに完結！

クマのプーさんの哲学

J・T・ウィリアムズ　小田島雄志／小田島則子〔訳〕　46262-2

クマのプーさんは偉大な哲学者⁉　のんびり屋さんではちみつが大好きな「あたまの悪いクマ」プーさんがあなたの抱える問題も悩みもふきとばす！　世界中で愛されている物語で解いた、愉快な哲学入門！

高慢と偏見

ジェイン・オースティン　阿部知二〔訳〕　46264-6

エリザベスは資産家ダーシーを高慢だとみなすが、それは偏見に過ぎぬのか？　英文学屈指の女性作家オースティンが機知とユーモアを込めて描く、幸せな結婚を手に入れる方法。映画「プライドと偏見」原作。

プリンセス・ダイアリー　1

メグ・キャボット　金原瑞人／代田亜香子〔訳〕　46272-1

ハイスクールの一年生、超ダメダメ人間のミアがいきなりプリンセスになるなんて⁉　全米で百万部以上売れた21世紀のシンデレラ・ストーリー！　映画「プリティ・プリンセス」原作。

プリンセス・ダイアリー　2　ラブレター騒動篇

メグ・キャボット　金原瑞人／代田亜香子〔訳〕　46273-8

フツーの女子高生ミアは突然プリンセスに。そんなミアに届いた匿名のラブレター。もしかしてマイケルから？　ママの妊娠＆結婚騒動や、田舎から従兄弟がやって来て……ますます快調★ラブコメディ第二弾！

プリンセス・ダイアリー　3　恋するプリンセス篇

メグ・キャボット　金原瑞人／代田亜香子〔訳〕　46274-5

突然プリンセスになってしまったフツーの女子高生ミアの日記、大好評第三弾！　ケニーというＢ・Ｆができたけど、ミアの心は揺れるだけ。本当に好きなのはマイケルなのに、この恋いったいどうなるの？

不思議の国のアリス

ルイス・キャロル　高橋康也／高橋迪〔訳〕　46055-0

退屈していたアリスが妙な白ウサギを追いかけてウサギ穴にとびこむと、そこは不思議の国。『不思議の国のアリス』の面白さをじっくりと味わえる高橋訳の決定版。詳細な注と図版を多数付す。

マンハッタン少年日記

ジム・キャロル　梅沢葉子〔訳〕　46279-0

伝説の詩人でロックンローラーのジム・キャロルが、13歳から書き始めた日記をまとめた作品。60年代ＮＹで一人の少年が出会った様々な体験を瑞々しい筆致で綴り、ケルアックやバロウズにも衝撃を与えた。

世界の涯の物語

ロード・ダンセイニ　中野善夫／中村融／安野玲／吉村満美子〔訳〕 46242-4

トールキン、ラヴクラフト、稲垣足穂等に多大な影響を与えた現代ファンタジーの源流。神々の与える残酷な運命を苛烈に美しく描き、世界の涯へと誘う、魔法の作家の幻想短篇集成、第一弾（全四巻）。

夢見る人の物語

ロード・ダンセイニ　中野善夫／中村融／安野玲／吉村満美子〔訳〕 46247-9

『指輪物語』『ゲド戦記』等に大きな影響を与えたファンタジーの巨匠ダンセイニの幻想短篇集成、第二弾。『ウェレランの剣』『夢見る人の物語』の初期幻想短篇集二冊を原書挿絵と共に完全収録。

時と神々の物語

ロード・ダンセイニ　中野善夫／中村融／安野玲／吉村満美子〔訳〕 46254-7

世界文学史上の奇書といわれ、クトゥルー神話に多大な影響を与えた、ペガーナ神話の全作品を初めて完訳。他に、ヤン川三部作の入った短篇集『三半球物語』等を収める。ダンセイニ幻想短編集成、第三弾。

最後の夢の物語

ロード・ダンセイニ　中野善夫／安野玲／吉村満美子〔訳〕 46263-9

本邦初紹介の短篇集『不死鳥を食べた男』に、稲垣足穂に多大な影響を与えた『五十一話集』を初の完全版で収録。世界の涯を描いた現代ファンタジーの源流ダンセイニの幻想短篇を集成した全四巻、完結！

チャペックのこいぬとこねこは愉快な仲間

ヨゼフ・チャペック〔絵と文〕　いぬいとみこ／井出弘子〔訳〕 46190-8

カレル・チャペックの実兄で、彼のほとんどの作品に個性的な挿絵を描いたヨゼフ・チャペック。『ダーシェンカ』と共に世界中で愛読されている動物ものがたりのロング・セラー。可愛いイラストが満載！

チャペックの犬と猫のお話

カレル・チャペック　石川達夫〔訳〕 46188-5

チェコの国民的作家チャペックが贈る世界中のロングセラー。いたずらっ子のダーシェンカ、お母さん犬のイリス、気まぐれ猫のプドレンカなど、お茶目な犬と猫が大活躍！　名作『ダーシェンカ』の原典。

マリー・アントワネット　上・下

シュテファン・ツヴァイク　関楠生〔訳〕　上／46282-0　下／46283-7

1770年、わずか14歳の王女がフランス王室に嫁いだ。楽しいことが大好きなだけの少女、マリー・アントワネット。歴史はなぜか彼女をフランス革命という表舞台に引きずり出していく。伝記文学の最高傑作！

シャーロック・ホームズ対切り裂きジャック

マイケル・ディブディン　日暮雅通〔訳〕　46241-7

ホームズ物語の最大級の疑問「ホームズはなぜ切り裂きジャックに全く触れなかったか」を見事に解釈した一級のパロディ本。英推理作家協会賞受賞の現役人気作家の第一作にして、賛否論争を生んだ伝説の書。

20世紀SF　1　1940年代 星ねずみ

アシモフ／ブラウン他　中村融／山岸真〔編〕　46202-8

20世紀が生んだ知的エンターテインメント・ＳＦ。その最高の収穫を年代別で全六巻に集大成！　第一巻はアシモフ、クラーク、ハインライン、ブラウン、ハミルトン他、海外ＳＦ巨匠達の瑞々しい名作全11篇。

20世紀SF　2　1950年代 初めの終わり

ディック／ブラッドベリ他　中村融／山岸真〔編〕　46203-5

英語圏ＳＦの名作を年代別に集大成したアンソロジー・シリーズ第二巻！ブラッドベリの表題作、フィリップ・Ｋ・ディックの初期の名作「父さんもどき」他、ＳＦのひとつの頂点・黄金の50年代より全14篇。

20世紀SF　3　1960年代 砂の檻

クラーク／バラード他　中村融／山岸真〔編〕　46204-2

シリーズ第三巻は、ニュー・ウェーヴ運動が華々しく広がりＳＦの可能性が拡大した、激動の60年代編！　時代の旗手バラード、巨匠クラーク、ディレイニー、エリスン、オールディス、シルヴァーバーグ他、名作全14篇。

20世紀SF　4　1970年代 接続された女

ティプトリーJr.／ル・グィン他　中村融／山岸真〔編〕　46205-9

第四巻は、多種多様なＳＦが開花した成熟の70年代編！　ティプトリーJr.が描くＳＦ史上屈指の傑作「接続された女」、ビショップ、ラファティ、マーティンの、名のみ高かった本邦初訳の名作３篇他全11篇。

20世紀SF　5　1980年代 冬のマーケット

カード／ギブスン他　中村融／山岸真〔編〕　46206-6

第五巻は、新たな時代の胎動が力強く始まった、80年代編。一大ムーブメント・サイバーパンクの代名詞的作家ウィリアム・ギブスンの表題作、スターリング、カード、ドゾワの本邦初訳作、他全12篇。

20世紀SF　6　1990年代 遺伝子戦争

イーガン／シモンズ他　中村融／山岸真〔編〕　46207-3

シリーズ最終巻・90年代編は、現代ＳＦの最前線作家グレッグ・イーガン「しあわせの理由」、ダン・シモンズ、スペンサー、ソウヤー、ビッスン他、最新の海外ＳＦ全11篇。巻末に20世紀ＳＦ年表を付す。

不死鳥の剣　剣と魔法の物語傑作選

R·E·ハワード他　中村融〔編〕　46226-4

『指輪物語』に代表される、英雄が活躍し、魔法が使える別世界を舞台とした、ヒロイック・ファンタシーの傑作選。ダンセイニ、ムアコック、ムーアの名作、本邦初訳など、血湧き肉躍る魅力の８篇。

ビューティフル・ボーイ　上・下

トニー・パーソンズ　小田島恒志／小田島則子〔訳〕　上／46258-5　下／46259-2

30歳を目前にしてハリーの世界は突如変貌！　同僚と一夜を共にし、妻に出て行かれ、失業、シングルファザーに——。『ハリー・ポッター』をおさえて英国図書賞「今年の一冊」に選ばれた大ベストセラー。

人生に必要な知恵はすべて幼稚園の砂場で学んだ

ロバート・フルガム　池央耿〔訳〕　46148-9

本当の知恵とは何だろう？　人生を見つめ直し、豊かにする感動のメッセージ！　“フルガム現象”として全米の学校、企業、政界、マスコミで大ブームを起こした珠玉のエッセー集。大ベストセラー。

西瓜糖の日々

リチャード・ブローティガン　藤本和子〔訳〕　柴田元幸〔解説〕　46230-1

コミューン的な場所アイデス〈iDeath〉と〈忘れられた世界〉、そして私たちと同じ言葉を話すことができる虎たち。澄明で静かな西瓜糖世界の人々の平和・愛・暴力・流血を描き、現代社会をあざやかに映した代表作。

著訳者名の後の数字はISBNコードです。頭に「978-4-309」を付け、お近くの書店にてご注文下さい。